雪の朝

植田守彦

Ueda Morihiko
YUKI NO ASA

澪標

雪の朝　＊目次

III

装幀　森本良成

I

雪の朝

私は中学校を卒業して大阪市に住むようになるまで、京都府北部にある福知山市に住んでいた。最も私は大阪市天王寺区上之宮町の生まれであるので、正確には小学校と中学校の義務教育の期間だけ、と言った方がいいのかも知れない。

昭和二十年三月の大阪大空襲で住居と父の縫製工場が全焼したので、私は同居していた叔母に手を引かれて、母共々早春の雪の中を、父の生まれ故郷である福知山市の伯父の家に身を寄せた。福知山市と言っても市街地を外れた辺鄙な場所で、着の身着のままだった私達は非常に不便な生活を強いられた。父の実家は祖父の時代養蚕をしていたので、その蚕室に使っていた瓦葺きの古い平家が私達の住まいとなった。

この地方は十二月に入り雪の季節になると、連日鉛色の雲が空を覆うようになる。冷たい北西の風が大江山の辺りから吹き始めると、底冷えがして翌朝は必ずと言っていいほど雪景色が見られた。それは障子を開けて外を見なくても、明かり取りの黄ばんだ障子紙の光の強さで降雪を知ることが出来た。縁側の雨戸を引くと、雪に反射した陽の光が薄汚れた障子を明るく照らす。細長く伸びた南天の木が雪の重さに耐えかねて、葉や枝に積もった雪を縁側の廊下にドサッと音を立てて落とすことがあった。

私はそういった雪の朝が大好きだった。降雪後の穏やかな日の光が軒下のつららを解かし始める頃になると、山の松や杉の木などが白い煙を上げながら、枝や葉に積もった雪を落とし始める。白一色の銀世界には陽光が燦々と降りそそぎ、小鳥たちがその中を餌を求めて忙しそうに飛んでいる姿を見ることが出来た。

私は小学生高学年の頃から冬になるとある楽しみがあった。それは魚釣り用の釣りバリで小鳥を「釣る」ことだった。その仕掛けはフナ釣り用のハリを、テグスを使って百五十センチほどの強靱な紐の先に結びつけたものだ。それをミミズを餌にして、鍬で雪の積もった地面を露出させ、そこにハリを仕掛けておくのである。すると、主にツグミなどの小鳥が掛かるのであるが、狙いはよく肥えたトラツグミだった。

ハリを仕掛けるのは晴天の新雪の朝が最も効果的だった。それは露出した地面が少ないので、小鳥が餌を求めて仕掛けに近寄ってくる確率が高くなるからだ。私は雪の降った早朝はほとんどと言っていいほど、このハリを仕掛けて歩いた。それが登校前の日課のようになったこともあった。雪をかき分け地面を露出させるための鍬や、秋頃から土中にストックしておいた餌のシマミミズと、そして木枠に巻き付けた仕掛け用のハリを用意して、寒い雪の中へと出かけるのだ。そして、凍えそうになる手を息で温めながら、まだ日の明け切らない深い雪道を、ハリを仕掛ける場所を求めて探し歩くのである。

トラツグミは体長二十五センチ程の鳥で、その名の通り翼などの体表は黄褐色で、腹部の羽毛に黒い斑点が虎斑のようにある。鳴き声はヒィヒィと鳴いたりするが、大抵はクックと腹の底から響くような鳴き声をたてる。ツグミの類は大体アジア大陸の方から飛んでくる渡り鳥らしく、これは灰褐色の羽をしている。しかし、トラツグミは留鳥と呼ばれ、渡りをしないで餌を求めて山と人里を季節によって行き来しているようだ。トラツグミの餌は昆虫や木の実などの雑食性であるが、ミミズが大好物と言うのが面白い。トラツグミは冬になると脂がのって、醤油の付け焼きにして食べると、とても美味しいと言われていた。ツグミが沢山捕れたときは近所の人に分けてあげたこともあった。

中学二年のある冬の朝だった。この地方特有の底冷えがして、二日間も大雪の日が続いた。私はその日も早朝から、田の畦や山裾の彼方此方にハリを仕掛けておいた。学校から帰って、薄暗くなりかけた雪道を仕掛けたハリを見てまわると、十羽ばかりのツグミとヒヨドリが掛かっていた。私はそれを背戸の竹藪のそばで、焚き火をしながら羽をむしった。よく肥えているように見えても、羽をむしってみると意外と痩せているのもあった。羽をむしったツグミを焚き火にかざしてうぶ毛を焼くと、腹のあたりの脂が浮き上がってきて、その姿は実にみすぼらしい姿になった。

ところがその日に限って、私は今自分のしていることが何だか罪な事のように思い始めた。私はそれまで自分の周りにいる小動物や昆虫を殺すことに、それほど罪の意識を持ったことはなかった。小学校の帰り道に友達と面白半分に蛇をなぶり殺しにしたこともあった。また、蛙をつかまえて肛門から麦わらを差し込み、自転車の空気入れで蛙が口から内蔵をはき出すのを喜んで遊んだこともあった。

もっと残酷な行為は牛蛙（食用蛙）の皮を剥ぎ水に泳がせたこともあった。それも食用にするために皮を剥いだのではなく、ただ遊びでやっただけの、牛蛙に対する全くの虐待行為だった。現在であれば動物虐待で動物愛護団体からクレームをつけられるかも知れない。その様な残酷な行為を平気でしていたのにも拘わらず、十羽ばかりの羽をむしった小鳥を前にして、なぜ、今、自分が、このように罪の意識を持つようになったのか不思議で仕方がなかった。

その夜、私はなぜかなかなか寝付かれなかった。ハリを飲み込んでバタバタ暴れる小鳥は、その首を親指と中指で締め付けると簡単に死んでしまう。私はその時の苦しそうな哀願するかのような瞳が、すすけて黒光りする低い天井に幾つも現れては消え、消えては現れる錯覚に陥った。私は電灯を消すのが恐ろしくて何時までもじっと天井を睨みつけていた。

しかし、明くる日になるともう昨日のことは忘れ去り、朝五時半頃には床を抜け出していた。そして、凍てついた雪の道を寒さに震えながらまたハリを仕掛けて歩いた。田の畦道や田に面した山の裾野などツグミが来そうな場所を選んで入念にハリを仕掛けて歩いた。朝日が山の斜面の雪をキラキラと光らせ始めると、二十本ばかりのハリをすっかり仕掛終えていた。その頃になると深い雪の中での作業のためか、体はポカポカと火照り額にはうっすらと汗さえかいていた。それから、私は家に飛んで帰り朝から何か大仕事でもしてきたかのように、朝食を大急ぎでお腹にかき込むと、カバンを提げて慌てて学校へ向かった。

中学校は徒歩で一時間はゆうに掛かる道のりだった。通学路は盆踊りの「福知山音頭」にも出てくる長田野を超えていくのだが、戦前、日本陸軍が軍事演習場に利用していた殺風景な荒野だった。黒いズックの、針金で所々修理をした、大きなショルダーバッグを肩でギシギシいわせながら通学した。今考えてみると、よく三年間も無事に学校に通ったものだと思う。大雪の日なんかは特に辛かった。雪は足の太ももまで潜るし、広い荒野を吹き抜けてくる風は容赦なく雪を体に叩きつけた。

それでも三月も末になり、赤土の野原の地肌やササの葉が雪の中から現れ始めると、心が浮きうきとしてしたものだ。やがてヒバリがさえずり始め、野柴の間に赤い小さなウグイスタケが出始めると、春は駆け足でやって来た。

ウグイスタケは当地の呼び名であったが、丈が四、五センチ程の小さなキノコで、野柴の間などに群生した。ウグイスが鳴く頃に発生するのでそのように呼んでいたと思われるが、少し黄色味を帯びた赤い毒々しい色をしていた。味噌汁などの具にすると結構美味しかったが、キノコ図鑑などで調べてみたが未だに確かな名は分からない。

三月初旬のある日、私は学校から帰ると外はもう薄暗くなりかけていた。私は座敷にカバンを放り込むと、この地方でイドコと呼ぶ竹で編んだ壺状の籠を肩に、早朝仕掛けておいたハリを見回りに出かけた。家の裏山の仕掛けに近づいたとき一瞬驚いた。仕掛けの周りの雪が真っ赤な血で染められていたからだ。私はまた野良イヌかキツネに仕掛けたハリがやられたのだと判断した。仕掛けの辺りが真っ赤に血で染められた羽毛が散乱していたからだ。前年の冬も裏山の仕掛けの全てをキツネに荒らされたことがあった。そして、その周りにはキツネの小さな足跡が残されていた。だが、この時はその周辺には何の足跡の痕跡もなかったので少々不審に思った。

そこでクマザサの根元に結びつけたハリの紐をたぐっていくと、その先に軽い抵抗を感じた。更に紐を強く手元に引き寄せると、その先には弱り切った一羽のトラツグミが掛かっていた。ツグミはハリから逃れようと必死に暴れたらしく、首の周りの羽毛はすっかり抜け落ち、血だらけになっていた。そのため羽もとじられず両羽と尾羽とでやっと自分の体重を支えているようだった。それでもツグミに手を近づけると精一杯の力で威嚇した。だが、寒い雪の中で体力をすっかり消耗していたのか、雪の上にガクッと頭から転ぶように落ちてしまった。

私は弱り果てたツグミを拾い上げて、雪明かりの中でよく観察したが、どうもハリは胃の中まで届いているようであり、嘴からは鮮血がブクブクと泡となって吹き出していた。その時私は、その小さな生き物を手にして、本当に可愛そうな事をしたと罪の意識に駆られた。私にはなぜか、何時ものように、その小鳥を殺す気持ちは消え失せていた。そして、残っている仕掛けを見て回る気持ちもなくなっていた。

私は肩に掛けたイドコの底に瀕死のツグミをそっと置くと、薄暗い雪明かりの道を家に向かって、その場所から逃げるように足早に立ち去った。明くる朝イドコの中を見るとツグミは既に死んでいた。私は冷たくなったツグミの亡骸を家の前にある柿の木の根元に埋め、そして、自戒の念をこめてその上に拳ほどの石を置いた。

私はそれまでに何羽ものツグミを殺し料理してきたが、小鳥を食べること自体余り好きではなかった。ただ、自分が仕掛けたハリで首尾良く小鳥を捕らえるのが面白かっただけで、いわば無意味な殺生を繰り返していたのだ。私はその日学校から帰ると、大量にこしらえていた仕掛けバリを全て捨てようと決心した。そこで、その紐を束ねてフナ釣り用の鉛の重りを付け、近くの溜め池に放り込んだ。仕掛けバリは暫く水に浮いていたが、紐が水を吸い込むとクルクル回転しながら池の底に全て沈んでいった。そして、私はもう二度とツグミなど小鳥を捕らえるようなことはしなかった。

プラントハンター

プラントハンターとは十七世紀～二十世紀中期にかけて、食料、香料、薬用、繊維などの有用植物や観賞用植物を、世界を股にかけて採集していた人々のことだ。主にヨーロッパ諸国の人達で、特にオランダやイギリスに多くいたとされる。彼らが活躍していた時代、我が国は徳川幕府が鎖国をしていたので、唯一、長崎出島でのオランダとの交易が外国との接点になっていた。このオランダ商館付医師として一八二八年に日本に着任したのが、ドイツ人フィリップ・フォン・シーボルトである。彼はプラントハンターではなかったが、日本の植物に興味を持ち多くの標本を欧州に持ち帰った。

シーボルトは表向きオランダ人として入国したのだが、日本人オランダ語通訳が、彼のオランダ語の発音が変だとして詰問された。幕府はオランダ人の入国しか認めていなかったからだが、日本人通訳のオランダ語の力量はシーボルトより優れていたようだ。もっとも、この話は眉唾もので、幕府に詰問されたシーボルトは「高地オランダ語だから発音が可笑しい」と返答したとされる。「低地」の国オランダには「高地」はないはずだが、それで勘弁して

もらったとされるのだから真偽のほどは分からない。（高地ドイツ語はある）

シーボルトはドイツ医学名門の出で（当時は神聖ローマ帝国）、当然の如くヴュルツブルク大学で医学を学び貴族階級の医師となる。シーボルト一族の多くは学才に秀で、医師や医学者を多く輩出した。フォン（von）は貴族階級の意味で、彼自身非常に貴族意識が高く、気位も高かったので、決闘を三十回以上したとされている。彼は大学医学部で解剖学を学んでいた頃植物学者と懇意になり、博物学の分野にも興味を持つようになっていった。

彼は西洋医学の一端を日本に伝えたが、日本在来種の植物の採集にも熱心だった。だが、彼は日本国の絵図を持ち出そうとして、幕府の厳しい尋問を受け国外追放の処分となる。これにより幕府の天文方・書物奉行ら十数名は捕らえられ獄死する者もでた。この事件は「間宮海峡」の発見者間宮林蔵の幕府への告げ口だったとされたことがあった。実際はシーボルトが蝦夷地の植物標本を手に入れたくて林蔵に書簡を送ったのだが、林蔵はこのような外国人の文書を開封すれば幕府の咎めを受けると判断して、それを奉行所に差し出したのが事の真相のようだ。そのため、シーボルトは帰国の際奉行所によって持ち物検査を受けることになった。

シーボルトは日本からガクアジサイ、アヤメ、ツバキなどの標本を持ち帰り、アジサイはオランダで品種改良が行われ逆輸入され、見事な花を付けるようになった。オランダのプラントハンター達が世界の植物を採集したこともあって、現在オランダではバラ、チュウリップ、キク、ユリなどが大量に栽培されており、アムステルダム近郊のアールスメール花市場は、世界最大の花卉卸売市場となっている。

一方イギリスは大航海時代（十五～十七世紀）からプラントハンターが世界中の植物を収集した。イギリスは寒冷な気候のため植生が乏しく、十六世紀の初頭の植生は二百種程度しかなかったとされる。これは日本の二十分の一であるから、随分と貧弱な植生だったようだ。そのため熱帯や温帯を問わず多数の植物を採集して本国に持ち帰った。中には熱帯性の植物があり、イギリスは寒冷地で育たないので、十七世紀に王立のキュー植物園が設立された。現在そこには約四万種の植物が育てられている。日本のササユリもイギリスで人気のある花の一つだ。

現在日本ではイングリシュガーデンなどと言ってもてはやされているが、イギリスは国土の植生が貧弱であったので、庭に植物を育てる慣習ができたとされる。イングリッシュガーデンは、年間を通じて草花や花木が育つよう工夫したり、植物の配置などに色々五月蠅い注文がつくようだ。イギリスにはイエローブックと呼ばれる庭園（オープン・ガーデン）の専門誌があり、それに自分の庭園を載せられるのが至上の喜びであるとされている。日本人として負けおしみを言うのではないが、イングリッシュガーデンをみると、どうも草花や花木に重点が置かれている気がする。その点、日本の庭園は花木や常緑樹などの樹木が多く、また、小池や小川を配置するなど庭が変化に富んでいる。

プラントハンターが香料、調味料、薬用、食用など有用植物を国外に求めた結果、その植物の栽培地域が世界的に広がった。例えばコーヒー、ゴム、バナナなどがそうである。コーヒーの木はアカネ科の熱帯性の植物であるが、原産はアフリカ西部のエチオピア辺りとされている。それが、今では品種改良され、赤道を中心とした熱帯地域にベルト状に栽培されるようになった。また、ゴムの木はラテックス（樹液）が採れる木の総称であり、高温多湿のマレーシア辺りにその原種がある。これもコーヒーと同様、赤道を中心とした熱帯地方で栽培されている。だが、合成ゴムが多用される現在でも、航空機のタイヤと避妊用具は生ゴムでないと強度が保てないそうだ。（国立大学名誉教授の話）

また、バナナも熱帯性の植物であり、人為的に広く熱帯地方で栽培されるようになった。もともとバナナは、熱帯アジアのマレーシア、パプアニューギニア辺りが原産地で種子のあるものが多く、煮炊きするもの、生食できるものなど多種存在する。現在生食用とされているものは、品種改良されたキャベンディッシュとかラカタンと呼ばれるバナナだ。これらのバナナは人為的に種子ができなくなった不稔性植物だ。

ところが、種子ができなければ挿し木や接ぎ木などで増殖させるしか方法がない。つまり、同じ遺伝情報を持ったクローン植物が大量にできてしまう。そうなると、特定の病気が発生すると、次々に伝染して感染を防止できなくなる。つまり、病原菌やウイルスに対して抵抗ができないのだ。クローン植物にとっては非常に迷惑なことで、病気のため絶滅する危機さえある。

春が来ると日本人は花見で心が浮きうきしてくる。あの公園などに植えられているサクラは殆どがソメイヨシノ呼ばれる種で、エドヒガンザクラとオオシマザクラの交雑種とされている。このソメイヨシノもクローン植物で、殆どが挿し木で殖やされている。ソメイヨシノは樹齢が非常に短く病気にも弱い。そのため、ソメイヨシノに致命的な病気が発生すれば、その防止が難しくなる。

十八世紀から十九世紀の初頭に、多数のアイルランド人がアメリカに渡ったのは、宗教上の理由に加えて主食のジャガイモに病気が発生し、栽培できなくなったこともその理由の一つだ。また、ヨーロッパで養殖していた食用牡蠣が病気で絶滅したことがある。それを救ったのが日本産の牡蠣だった。つまり、同一種の動植物を栽培や養殖をしていると、一旦病が発生すれば直ぐに蔓延する恐れがあってその防止が難しいのだ。

生物の多様性と言われることがある。植物でも動物でも多様性があるから、病気などの危機に際して対処することができる。アメリカでは遺伝子組み換えによって、収穫量が増加し、耐病性や耐寒性などのある作物が作り出されている。これが良いのかどうか私達素人には分からない。

プラントハンター達は、自国に有用な植物を求めて、大海に乗り出していった。だが、現在は植物に放射線を当てたり遺伝子を操作するなど、無理矢理人間に都合がいいように植物を栽培している。ダーウインの進化論に拘泥しないが、植物と言えどもそうそう快く人間に応じてはくれないと思うのだが、どうであろう。

早春の花々

山路きて何やらゆかしすみれ草《ぐさ》

松尾芭蕉の野ざらし紀行の有名な句だ

今年も早や三月中旬を過ぎたのに平年より寒い日々が続いている。だが、自宅近くにある量販店の花売り場は、春の花々でいっぱいだ。スミレ、パンジー、ビオラなどスミレ科の花が寒風の中で可憐に咲いている。まさに、すみれの花咲く頃だ。スミレを植物図鑑などで見ると青々と群生した写真が多いが、私の知る限り、野生のスミレが繁茂している姿は見かけたことがない。スミレを摘んで御浸《おした》しにすると美味とされているが、御浸しにしようと思えば嵩が減るので、大量のスミレが必要になるだろう。スミレと同種のパンジーやビオラは花も大きく美しく咲くが、スミレ科の植物にはビオリン（神経毒）、サポニン（界面活性剤）などの毒素があり、安易に食べるのは止した方がいい。

植物図鑑などでよく見るスミレは、葉が槍の穂先のように細長く、花の色も紫が濃くでている。我々が道端でよく眼にするのは、葉がハート型で花は薄紫のタチツボスミレ（立壺菫）と言う種だ。芭蕉に聞かないと分からないが、冒頭の俳句のスミレは、このタチツボスミレではないかと思われる。そうだとすれば「何やらゆかし」の表現がよくマッチする。スミレの名は花の形が大工が使用する墨壺《すみつぼ》（墨入れ）に似ているからだとされているが、そう言われれば花の外形がよく似ている。

量販店の花売り場には名も知らない花々があり、最近は難しいカタカナ表記の花も数多く出回っている。せめて何科の植物であるのか書いておくとか、その植物の取扱注意書が欲しい。購入者がこれらの植物を野に放った場合、日本固有の野草と交雑種をつくらないとも限らないからだ。秋に咲く花だが、キク科植物である北米原産のセイタカアワダチソウが、観賞用の切り花として日本に持ち込まれた。ところが、これが繁殖力が強く、日本中に瞬く間に広がってしまった。原野などの荒れ地を好み、日本固有の植物の生態系を駆逐するのではないかと恐れられた。

セイタカアワダチソウは強じんな根で、ネズミやモグラなどの巣まで根を侵入させ、動物の巣の糞尿などから養分を吸収して旺盛に繁茂するらしい。個人的には異論はあるが、近年ネズミやモグラなどの駆除が進み一時期の勢いはなくなっている。

春の畦道を辿ればニホンタンポポは見当たらず、セイヨウタンポポが殆どだ。このような植物は「侵略的外来種」と呼ばれ、セイタカアワダチソウもセイヨウタンポポもワースト百種の上位にランキングされている。大体、日本人は外来の動植物に対する認識が不足しており、ジャンボタニシ、アメリカザリガニ、ミドリガメ、ブラックバス、ブルーギルなど、これらの外来種の侵入で農作物に被害を蒙ったり、日本固有の種が危機に晒されている。

三月も半ばになると何処からともなくジンチョウゲ（沈丁花）のいい香りが漂ってくる。英語名はダフネ（Daphne）だが、これはギリシャ神話の処女神ダプネーから来ていて、美しい容姿の女神のことだ。ダプネーはギリシャ神話の主神ゼウスの息子アポローンにしつこく言い寄られ、感極まってゲッケイジュ（月桂樹）に変身する。だからギリシャではダプネーはゲッケイジュのことを指すようだ。お色気好みの男性諸氏は、香水でいい匂いを放つ美女には近づかない方がいい。余り鼻の下を長くしていると、何れ裏切られるのが落ちだ。

ジンチョウゲと同種のミツマタ（三椏）もこの時期黄色い花をつけるが、これは和紙の原料になる。和紙の原料は主にジンチョウゲ科のミツマタとガンピ（雁皮）、クワ科のコウゾ（楮）が使われている。最も多く利用されているのはコウゾであり、紙幣の用紙はコウゾ紙だ。

高知県伊野町（現、いの町）は土佐和紙の産地であり、和紙の材料は主にコウゾとミツマタを使っている。今から二〇年前の春、高知県仁淀川《によどがわ》の近くの知り合いに不祝儀事《ぶしゅうぎ》があり、その帰途伊野町の「紙の博物館」に立ち寄る予定だった。だが、路線バスが少なく飛行機との連絡が悪くて途中下車が出来なかった。ＪＲ高知駅まで戻ってきたところ、今度は飛行機の搭乗まで時間があり、駅前の食堂で精進直しにカツオのタタキを肴《あて》に、土佐の銘酒「司牡丹」と洒落《しゃれ》た。酒は美味しくタタキは美味い。タタキが余りにも美味しかったので、苦手のニンニク抜きでお代わりをした。食堂の若女将と先客の元高知工業高等専門学校長との三者ですっかり話が弾んでしまい、危うく飛行機に乗り損ねるところだった。話題は何であったか忘れたが、兎に角慌てて飛行場まで駆け付けた。

ところが搭乗機がＹＳ‐一一機で、しかも座席が主翼とプロペラが見える場所だった。飛行機はロールス・ロイス製のエンジンを唸らせて離陸したが、石鎚山上空の乱気のため主翼がしなり、機体は上下左右に激しく揺れ、高所恐怖症にとっては地獄の乗り物だった。伊丹空港に飛行機が着陸した時は、手足にグッショリと冷や汗をかいており、地べたに脚がつくまで生きた心地がしなかった。美味しかった司牡丹の酔いもすっかり醒めていた。不祝儀事の旅路とは言え、地獄・極楽を直接肌身に感じた。

ジンチョウゲは常緑低木樹で沈香《じんこう》のようないい匂いを放つので、沈丁花と名付けられた。ジンチョウゲの枝は三叉に分岐して成長するので、樹形がコンモリと丸くなる。余談だが三枝《さえぐさ》の名字はこのジンチョウゲから来ているようだ。だが、ジンチョウゲを大きなプランターに挿し木をしてベランダで育てるのだが、一向に上手く成長せずいい樹形になったと思うと枯れ始めてくる。

なぜこんなに病気に弱いのか疑問に思い、ある大学の薬学部付属薬用植物園のY助教授（当時）にその原因を聞いた。すると、同助教授の説明では根からウイルス性の病原体が侵入するからだと教えられた。その対策としてきれいな土壌を使用し、比較的乾燥した環境で育てればある程度病害を防止できると言うことだった。しかし、それでも完璧ではなく、要は運の問題だと言われた。こうなると、短気でイラチな性分の者には、花や木を育てるなんて所詮無理な相談だ。

既に箕面川の堰堤のウメの花が満開だ。誰が植えたのか知らないが、紅梅、白梅、韓紅《からくれない》、濃いピンク、黄色味がかった白もある。近くの臨済宗系寺院の三門の脇に「梅ひらき桃はふくらみ桜まつ」との墨書があった。

啓蟄の候も過ぎ、もうすぐ春爛漫の季節がやって来る。そろそろ炬燵から抜けだそう。

（注）司牡丹＝坂本龍馬も飲んだとされる日本酒だが、真偽の程は分からない。

野分の風

今日は九月一日だ。立春（二月四日頃）から数えて丁度二百十日にあたる。閏年の二百十日は八月三十一日だ。九月一日は防災の日だが、日本人は古くからこの日を災害の特異日として認識してきた。二百二十日もある。二百十日に限って台風などの災害が起きるわけでもないだろうが、語呂もいいし、九月に入ると台風や長雨などの被害が多くなるからだろう。

表を歩けば涼しい風が頬を撫でる。時折、冷気を帯びた強い風が吹き抜けていく。野分の風と呼ぶのだろう。昨日まであんなに蒸し暑かった気候が一変したようだ。道端を見ればクマゼミの骸《むくろ》が脱け殻と一緒に転がっていく。初秋の侘びしさを感じさせる風情だ。

住まいの近くに「鎮守の森」が残されていて、クス、シラカシ、シイなどの常緑樹、エノキ、ナラ、クヌギなどの落葉樹が青々と葉を茂らせている。もうすぐクヌギなどブナ科の樹木はドングリを実らせる。昨年は驚くほど大量のドングリを落としていた。

この森には春日神社が鎮座し、気が向いたら時々お詣りをする。夜中に境内に入ると周りは真っ暗だが、近くのマンションなどの明かりが僅かながら入ってくる。神社は午前中にお詣りするものらしいが、夜の境内も趣があってなかなかいいものだ。お清めの手水《ちょうず》がチロチロと音を立てている。

もうすぐ神社の秋祭りのシーズンがやって来る。社殿には高張り提灯が掲げられ、御幣で飾った榊などが供えられる。流石にこの日は境内が華やぐ。お詣りすると紙コップに地下《じげ》の人達が日本酒を注いでくれる。毎年お詣りするが、地酒らしいが実に美味い酒だ。

その酒を飲むと家内の里で秋祭りの御輿を担いだことを思い起こす。あの頃は自分も若かったし、叔父や叔母達も健在だった。秋祭りに義姉《あね》が作った鯖寿司は実に美味かった。その義姉も亡くなって七年になる。

春日神社の参道には神社の謂われと、社殿を改装した経緯が書かれている。そう云えば社殿の造りが新しい。宅地開発が進み神社周辺の土地が相当整備されたようだ。地下の人達は近くの土地に寄せ合って屋敷を構えた。神社の周りの土手にヒガンバナが咲き始めた。

この辺りは旧摂津の国に当たり、京に通じた西国街道があったところで、参勤交代の椿の本陣（郡山宿本陣）が実在する。近くには萱野重実《かやのしげざね》（三平）の旧邸も再建されている。赤穂藩士だった彼は、主君浅野内匠頭（長矩《ながのり》）が刃傷沙汰に及んだことを、この街道を早駕籠で播州赤穂に伝えた。

彼は亡き母の葬儀にも列せず、武士の本文を果たした。その後、吉良家に縁のあった実父との狭間で悩み、忠義を重んじて萱野の屋敷で自刃する。その座敷が再現されている。あたら義のために、若い命を散らさなくてもよかっただろうに。萱野の屋敷に入るとなぜか目頭が熱くなる。彼は俳人でもあった。次の句は彼の心中をよく表している。

晴れゆくや日頃心の花ぐもり　　　　　侗泉（ケンセン・三平の雅号）

＊地下《じげ》　播州地方の方言で地元の意。

叔父の論文

あれは三十三歳の頃だったので、ある国立大学事務局に勤務しているときだった。蒸し暑い七月の午後六時半頃、枚方市禁野の公務員宿舎の自宅に突然電話があった。

「あのー、護宏かぁ、今一杯飲んでんねん。一寸出てけーへんか。相談したいことがあるんや」叔父の声だ。電話があるときは大概酒が入っている。

「今から。どこで飲んでんのん。何の用やねん」と、私は矢継ぎ早に尋ねた。

「まぁ、そう怒らんと出てこいや。電話で云い難いしなぁ」と、少し沈んだ声に変わった。そして
「お前もよう知っとるやろ。寺田町駅前の居酒屋や」と、少し声を荒《あら》らげた。

そこは角屋と云って大阪環状線寺田町駅前の居酒屋だった。駅前を南北に走る国道二十五号線から、横町へ入る路地の角にあったのでカドヤだ。実家があったところだが、その横町には若い頃の三代目桂春団治の家もあった。この辺り一帯は先の大戦で戦火を免れた場所で、古い街並みが残っていた。

「今からやったら八時回るで。九時になってもかめへんなぁ」と、云って電話を切った。叔父は云いだしたら人の都合を考えない質なので、土曜日の夜だったが渋々承知した。

叔父は母の弟で四人兄弟姉妹の末子《ばっし》だった。私の丁度一回り上で四五歳の阪急電車の社員だったが、酒と賭け事が何より好きだった。旧制W高等商業専門学校を出て阪急電車に入っていた。本来だったら助役になっていてもおかしくない年齢なのだが、酒と博打好きが邪魔をしていた。そこへ女好きと来たら道楽を地でいくような人物だったが、叔母からその方も達者と聞いていた。

角屋に着いたのは午後八時半を回っていた。店の暖簾をくぐると

「おお、待ってたでぇ、まあそこへ座れや」と、前の席を指さした。

叔父は何時もと違って、あまり酔いが回っていなかった。なにか深刻なことでもあったのかと、却って心配になってきた。私が席に着くと叔父はグラスにビールを注いでくれた。

「なんかあったん?」

「いやぁ恥ずかしいけどな頼みがあんねん。ほれ、論文ゆうのんあるやろ、それ書いて欲しぃんや」

「ナンやその論文て!」

「こんどなぁ、助役の面接試験を受けるんやけどな、その前に人事が論文出せゆうよんねん。

長いこと文章みたいなもん書いてへんよってな、さっぱりあかん。お前仕事で文章書いてるやろ。すまんけど書いてくれや」

「どんな問題やねん。オレかてオッちゃんの仕事のことよォ知らんしなぁ」

「いや仕事と違う。こんな問題や」と、叔父はズボンのポケットから、しわくちゃの紙切れを出した。それには鉛筆で、確か『乗客へのサービスと営業効果について述べよ』と書いてあった。

「そやんか、これ仕事のことやで。乗客へのサービスが、会社の営業利益にどう結びつくかと云うことやで」

「まぁ、そんなとこや、そんでええわ。下書きでええから、原稿用紙三枚くらいに纏めてくれや。会社に出すまで一週間ほどしかないんや」と、祈るように云った。

職務上公文書は大抵書いてきたが、叔父が阪急電車でどのような仕事をやっているのか分からなかったし、直接聞いたこともなかった。しかし、叔母が阪急電車○○駅の駅務と云っていたことがあったので、まぁ、なんとか書けるだろと安請け合いをしてしまった。

ところが、事はそれで治まらなかった。叔父は安心したのかコップ酒をあおり始めた。こうなると叔父は肴は殆ど食べない。酒が不味くなるらしい。酔いが回ってきたらしく、場所を変えると云うので店を出た。既に午後十一時を過ぎていた。終電に間に合わないので自宅に電話をして、叔父のハシゴ酒に付き合う羽目になった。大衆の飲み屋は既に閉店の時間なので、柳原良平の「アンクルトリス」の、トリスバーの前に立った。

「オッちゃんここ高そうやで、ほかいこ」と、私は叔父の行くてを遮った。

「まぁ、ええがな、金はおれに任しとけ」と、叔父はバーのドアノブを強引に引いた。

夏のボーナスがでて、少しは懐が温かかったのだろう。ドアを開けると中は薄暗く、和服を着た綺麗な女性二人がスタンドの内にいた。その二人はイラッシャイと笑顔を作った。叔父は年増の女性に、なんだかヒソヒソと声をかけた。叔父の馴染みらしい。先客はいなかったので、スタンドの前の高椅子に腰をかけた。薄暗いライトの下の和服姿の女性は、美しく見えるものだと感心した。

鬼平犯科帳シリーズの「霧の七郎《など》」で、鬼平が「色は年増に留めを刺す」と呟くが、今となれば分かる気がする。

そのトリスバーでメキシコの酒テキーラを始めて飲んだ。喉が焼けつきそうになったが、香が大変良かった。バイオレットフイズが気に入って二〜三杯飲んだ。流石にアルコールが躰じゅうに回ってしまった。

翌朝八時頃叔父の家で目が覚めた。叔父は既に起きていて、リビングでスポーツ新聞を読んでいた。昨晩タクシーで叔父の家まで帰ってきたようだ。

リビングのクーラーがよく効いていた。

「オー、目ぇ覚めたんか。よう寝とったなぁ」

「ちょっと、なんや頭痛いで」

「二日酔いか。修行足りんで」と、やり返された。

「あんなぁ、これからボート行けへんか」

「どこの池や」

「あほ、ボートレースやがな」と、笑った。

「えー、あの博打のボートかいな。オレやったことないし、それに論文の宿題あるしなぁ」

「ボートなんか簡単なこっちゃ、教えたる。論文は未だ日があるやないか」

酒と博打の話になると、叔父と私は立場が逆転する。

「それに五、六千円ほどしか持ち合わせがないで」と、云うと
「そんだけあったら十分や。無理せんといたらええねん」と、叔父の目がやたらとギラついてきた。

叔父の家は叔父が母の弟で、叔母が父の妹だった。大阪弁で云う「遣ったり貰ったり」で、気が楽な家庭だった。叔父の娘二人は既に嫁いでいた。

そのような訳で、朝飯もそこそこに真夏のカンカン照りの中を、尼崎競艇場へと向かった。

競艇場は東海道本線立花駅が最寄り駅の一つで、環状線に乗り、大阪駅で東海道本線に乗り換え、尼崎市の立花駅で降りた。そこから歩いたのか、バスに乗ったのか確かな覚えはないが、兎に角競艇場に着いた。

競艇場内に入ると、これまたビックリの連続だった。建物全体が薄汚れており、ねじり鉢巻き、ニッカボッカに地下足袋姿と云う男達で溢れかえっていた。彼らはワンカップやウイスキーのミニボトルなど酒類を手にしていた。恐らく仕事にアブれた人達の集団と思われたが、彼らには酒類持ち込み禁止の貼り紙は、全く効果がなかった。酒の瓶やカップは場内にトラブルが発生すると、凶器に早変わりする。酒は場内の食堂で紙コップで販売していたが、市価より非常に値が高かった。これでは酒の持ち込みも有りになってしまう。

「オッちゃんえらいとこへ来たで。あのオッさんら、負けて金のうなったら騒ぎ出すんと違うか」

「まぁ、競艇場ゆうたらこんなもんやで」

「ゆうて悪いけど、あそこにいるオッさんら、どうみても怖わそうやで」

「そやけどな、この勝負の雰囲気がたまらんのや」

「そやそや、笹川良一ゆう人いてるな。あの人競艇のボスやったなぁ」

「そうやがな、日本船舶振興会（現日本財団）の親分や。ワシもだいぶ寄付したで。阪急の箕面駅降りたらでっかい屋敷あるがな」

叔父と無駄口を叩きながら観客席に腰を下ろした。既にレースは始まっていた。モーターボートの激しいエンジン音がしていた。展示レースと云うらしい。何が展示だか意味が分からなかったが、レース本番前の選手とボートの顔見せのようだった。目の前には長方形の大きなプールが広がっていた。クジラでも泳げそうな広さだ。プールサイドには巨大な針のついた時計もある。プールの中では、小さなエンジン付きボート六艇が、唸りながら飛沫（しぶき）を上げて疾走していた。始めて見るボートレース場の光景だった。

暫くしてレース本番が始まった。ボートはプールの短辺側にある、ピットと呼ぶ待機場所に一号枠から順に右へ六艇並んでいた。合図でピットを飛び出した各ボートは、スタートラインの手前でウロチョロしていた。だが、一号艇と二号艇はあまり大きな動きはしない。そして、ここであの大時計の出番となる。大時計の針が回りだすと、各ボートはエンジンを全開させて、針が一周する直前でスタートラインに艇首を揃えた。レースはヨーイ・ドンではなかったのだ。それにしても見事な操艇技術だ。各ボートはプールの真ん中に縦長に設置された、ブイの先端に向かって突進して行った。プールを反時計回りに疾走してゴールインしたが、ブイの周りを何周したのか覚えがない。

叔父の意見を参考に、連勝単式と云う一着と二着当てる舟券《しゅうけん》を百円単位で買った。結果は安い配当ばかりで、一日十二レースあるが第六レースが終了した時点で嫌気がさしてきた。叔父は高配当が取れる舟券で勝負していたが、顔色を見れば成績は良くなさそうだった。観衆に混じって大声を張り上げるが的中しないらしい。

「こら○○！　なんさらしとんじゃっ　捲《まく》らんかィ」

「こらボケー、銭返せ！」

「こら○○のクソ餓鬼、死んでまえ！」

観客席の彼方此方からは怒号の嵐だ。まるで博徒の修羅場の風景だ。叔父も酒の勢いに任せて、その雰囲気に酔っていた。観客の中には昨日の稼ぎを賭けている者もいるはずだ。後で知ったのだが、ボートを捲るとは前走するボートに全速で追いつき進路を交わすことだ。しかし、ボートの動力は無機質のエンジンだ。競走馬のような生き物と違い、負担条件が同じならバテることを知らない。選手の技量に差がなければ、物理的にも論理的にも内側の艇が断然有利だ。要するに連勝単式の舟券は偶然性が少ないのだ。

私は馬鹿らしくなったので、叔父が引き止めるのを振り切って、競艇場を後にした。日本船舶振興会の公益事業の一端か何んだか知らないが、追い詰められた世相の吹きだまりにいるようで悲しかった。全く無駄な時間を過ごした。食事代も入れてトータル一千円程負けていた。

真夏の太陽が強烈な街中をとぼとぼと歩き、二日酔いと博打をした後悔とで、何だか哀れな気分になっていた。京阪電車に揺られて、自宅に帰ったのは午後六時を過ぎていた。

ドアを開けたとたん家内が
「えらい災難やったね」と、笑った。

もうすぐ誕生日を迎える二歳の娘がヨチヨチやって来た。その子を抱き上げると何だか心が癒された。

家内は今までに幾度も酒に突き合わされて来たことや、論文を頼まれていることも知っていた。私はクーラーの利いた部屋で倒れるように寝てしまった。目が覚めたのは午後八時過ぎで、僅か二時間程度の眠りだったが、何か全身から悪い気が抜けたようだった。まだ躰が若くて活気があったからだろう。

そこへ重くのしかかってきたのは、矢張り叔父から頼まれた論文のことだ。

「乗客へのサービス云々」だったなと復唱した。机に座ると論文の基本構想を考えた。

最初に思い浮かんだのは、阪急電車の創始者小林一三（逸翁）の田園都市構想だ。そして、それに伴う阪急電車沿線の宝塚歌劇場などリゾート施設の拡充だった。ＩＲ（Integrated Resort）の現代版だ。

当時庶民生活が向上してきており、持ち家思考に走るようになっていた。郊外に安価な宅地開発をすれば購入希望者が増える。郊外に人が増えれば大阪都心への通勤客が増える。田園都市構想を更に発展させ新たな収入源の確保だ。

次に競合する国鉄と関西五大私鉄の関係だった。特に大阪・神戸間は国鉄（現ＪＲ）、阪急電車、阪神電車の三者が競合している。これは将来乗客の奪い合いになる。それに打ち勝つためには、阪急電車乗客へのサービスの徹底だ。

最後に阪急電車宝塚線の庄内事件についてだが、これは俗に「乗客の電車通せんぼ事件」と呼ばれる列車妨害だ。この事件は宝塚線や箕面線が、京阪神を走る本線の車両の大型化から取り残され、それに怒った乗客が一九五六年二月二日に、宝塚線庄内駅で乗客が騒ぎを起こしたものだ。謂わば阪急電車としては負の遺産だが、避けては通れないと考えた。

翌日は日曜日だったので、この構想に沿って論文に纏めようとしたが、僅か一二〇〇字では至難の業だった。そこで仕方なく作文にして、何とか文章に纏めることができた。

「オッちゃん、論文出来たがどないしょ」叔父と電話連絡がついた。

「そうかおおきに、オレ取りにいこか？」口ぶりは持って来いと云うことだ。

「そんならなぁ、オレ京橋まで持って行くわ。そこまで来てくれへんか」

「よっしゃ、環状線の駅出たとこに、富一ゆう飲み屋あるわ。そこで待ってるよってな」

叔父に作文を早く渡したいと思い、人ごとながら気が急いて仕方がなかった。

京橋駅前の富一の暖簾をくぐると
「護宏ここや！」

「アッ、オッちゃんか。これやけどな。しかし、このまま出したらあかんで。自分の手で書き直してや」と、原稿三枚を手渡した。

「うん、分かった。まぁーそこへ座れ」と、叔父はビールを注文した。

「試験はいつあんのん」

「このクソ暑いのに八月一日や。この年で面接やなんて、ほんまに緊張するで」

「何名くらい受けるん」

「ワシら年いった落ちこぼればかりやからな。なんや三十名ほどおるらしいで。ゆうたらワシらに対する、会社の救済措置みたいなもんや」と、少しは立場を理解していたようだった。

叔父とは三十分ほど喋って別れたが、まるで受験生のようで、いつものハシゴ酒の誘いはなかった。

お盆も迫った八月十日を過ぎた頃だった。午後八時過ぎ、叔父から自宅に電話があった。

「護宏かぁ。あれ通ったんやー。面接のとき論文褒めよったで」叔父の声が弾んでいた。

「おめでとうさん、それでいつ助役になんのん」

「内示は九月一日付やけどな、駅はそのまんまのようやな。そんでなぁ一緒に飲みたいんや。ええとこ知らんか」

ええとことは酒を飲むところだ。

「そんなんこと、ええーてッ!」

「水臭いこと云うな。小料理屋でええ。一杯飲み屋と違うで」

「そんなら岡町にあるお化け屋敷ゆう店どうや」

「岡町ゆうたらウチの電車の駅やんか。なんや、そのけったいな名の店」

「まぁ行ったら分かるって。安い料理店やけど味はええで」と、云うことで、叔父の助役昇任祝いは、八月二十日夕刻お化け屋敷に決まった。店の本当の名は忘れてしまった。

お化け屋敷とは、岡町の商店街にある魚屋が経営していた店のことで、魚屋の店の奥に古い料理店があった。魚屋は五十歳代の夫婦と二十歳代の息子との三人で店を仕切っていた。昔は料理旅館として商っていたらしいが、当時は四十歳代と三十歳代の仲居二人だけで、そこを切り盛りしていた。予約制で宴会の飲み客だけを入れていた。料理店は魚屋からの直通で、新鮮で美味しかった。

しかし、建物がガタピシと古く、照明も暗かった。大酒飲みの年上の仲居が、酔っ払って薄暗い廊下をフラフラ歩くので、仲間内でお化け屋敷と呼んでいたのだ。

八月二十日の当日叔父は岡町駅の出口にいた。

「オッちゃん待ったか」

「いや、オレも今来たとこや。その変な名の店どこや」

「岡町商店街の魚屋や」と、叔父と連れだって歩いた。

魚屋の前に立つと、見覚えのある魚屋の親父が
「イラッシャイ！」と、威勢が良かった。

店の横の路地の脇から料理店に入ると、あの仲居が出てきた。

「毎度おおきに」

「今日はなぁ、叔父さんのお祝いやねん」

「何んかそなこと云ってはったねぇ。おめでとうございます。準備は出来てまっせ」

「そうか、ほんならビールで始めるわ」

仲居は何時もの立て付けの悪い部屋に案内し、飲み物を取りに行った。

叔父は
「これがお化け屋敷か、古いけどええとこやないか」と、云った。

「そやけどなぁ、あの年のいった方に、あんまり飲ませたらあかんで」

「強いんか」

「底なしや。コップでいくで」

やがて仲居が戻って来た。ビールを注ぐと、ハモ鍋に火をつけた。真夏のハモは精力があって味は絶品だ。我々は先にハモの照り焼きに手をつけた。叔父は早速冷やのコップ酒に変わった。叔父はやがて酔いが回ってくると、仲居にも酒を注ぎ始めた。仲居も酒好きだから遠慮はない。最悪の事態になりそうだが、支払いは叔父がするので喧しくも云えない。

「この度はおめでとうございます」と、仲居も何時の間にかコップ酒に変わっていた。宴が進むと仲居は三味の音で粋な新内を始めた。変なアクセントの関西弁を使うので、どうも関東の出のようだった。都々逸もでて場が弾けた。

兎に角叔父は阪急電車の助役になった。助役にもピンからキリまであるらしいが、それを知っても仕方がない。退職時には阪急電車ターミナル○○駅の助役になったが、駅長にはなれなかった。

この叔父とは腐れ縁で、長い間酒の付き合いをさせられた。ボートレースはあれっきりで、再び行くことはなかった。その叔父も原因不明の血液の病で、八十三歳で鬼籍に入った。私も叔父の享年に段々と近づきつつあるが、どうもあの世で叔父と再会することは止めておいた方が良さそうだ。三途の川でボートレースとは洒落にもならない。

おふくろの味

今年は春先から寒冷な日々が続き、ソメイヨシノもまだ花をつけている樹がある。平年であれば葉桜の時季だが、この調子であれば春から夏へと、一気に季節が移るかも知れない。だが、菜の花畑は黄色の花をつけて春真っ盛りだ。足元を見ればタンポポが可愛い花を覗かせ、ヨモギの葉は色がみづみづしい。冬枯れの木々も一斉に若葉を芽吹かせて、季節はしっかりと進んでいたようだ。

この季節になるとスーパーの野菜売り場に葉ゴボウ（若ゴボウ）が出始める。若い頃春がやって来ると、母はこの若ゴボウをよく煮付けてくれた。料理としては何の変哲もない煮物で、若ゴボウの茎と根の部分を醤油味で煮付けただけだ。若ゴボウの他に細かく刻んだ油揚げを少々入れ、ミリンなど若干の調味料を使うだけで、その他余計なものは一切入れない。

実は、私はこれが無類の好物で、春がやって来ると毎日のよう母にせがんだ。母も好物だったらしく、毎日のように炊いてくれた。その後家庭を持つようになって、家内に若ゴボウを煮付けてもらったのだが、どうも母の味と違うのだ。所謂おふくろの味ではないのだ。

味付けは醤油味なのだが、出汁の取り方に工夫があったのだろう。家内はどちらかと言えば濃い目の味付けが好みで、その辺りにも関係があるようだ。多寡が若ゴボウの煮付けで、夫婦仲がおかしくなるのもどうかと思うので、あれこれと余計な口出しはしないことにしている。お陰で長い間若ゴボウの煮物を食べていない。家内はどうも若ゴボウの煮付けそのものが好みではなさそうだ。

春が来れば美味い若ゴボウの煮付けと桜鯛の刺身を肴にして、花見で一杯やれば言うことなしだ。そのような妄想を懐きながら、近頃日々を送っている。考えてみればそれ程の贅沢でもなさそうだが、このところ酒を飲んで語り合える相手がめっきり減ってきた。夜遅く電話でもあれば、また友人か誰かが入院したのか、或いは死んだのではないかと怯えたりもする。酒でも飲んで能天気なことでも考えねば酷く気が滅入ってしまう。

若ゴボウは大阪府八尾市が産地の一つで、「八尾若ゴボウ」としてブランド化されている。香川県高松市辺りも一大産地として広く知られている。若ゴボウは植物分類学上キク科に属する植物で、若ゴボウの香りはキク科独特の香りがある。我々が食材として利用するキク科植物には、フキ、レタス、アーティチョーク（朝鮮あざみ）、カモミール（ハーブ）、キクイモ（ブタイモ）、ゴボウ、チコリ（苦菜）、ヨモギ、シュンギク（春菊）など数多く知られる。それぞれ苦味、エグ味などキク科植物特有の味や香りがある。

また、キク科植物は花木、食用植物、野草として数多くに分化している。植物の中でこれほど多くの種類に分化したしたものはないと言われる。先日スーパーの野菜売り場でキクイモを販売しているのを見かけた。この植物は北米大陸が原産で、我が国へはブタなどの餌として輸入されたものだ。

戦後、キクイモは救荒植物として利用されたが、それを「ブタ」とは気の毒な話だ。食料が豊になった現在、放置されたキクイモが野生化するなどして日本中に広まった。食べるとゴボウに似た味がするが、デンプン質は非常に少ないようだ。

しかし、ゴボウの類は繊維質が多く、ルチンなどフラボノイドの一種が多く含まれるので、便秘症に効果があり、毛細血管を強化して、血栓を防ぐ働きがあるようだ。ゴボウ、ヨモギ、シュンギクなど香りが嫌と言う方も多いが、私は健康のため大いに食べるよう心がけている。

八甲田山

八甲田山は青森県青森市から十和田市にかけて、千五百メートル級の峰々が連なる火山群の総称である。また、八甲田山、奥入瀬渓流、十和田湖、八幡平など自然の景観は十和田八幡平国立公園に指定されている。八甲田山には今までに三度行っているが、なぜか若葉・青葉の新緑の季節に行ったことがない。一度その季節に行ってみたいのだが、毎年その時期を逃してしまう。

八甲田山は青森市の南方にあって、奥羽山脈の北端に位置する十八の火山群からなる成層火山だ。現在は激しい活動を止めているが、今なお炭酸ガスや亜硫酸ガスなど、火山性ガスを盛んに噴出している。八甲田と云う名の山は存在しないが、数多くある火山群の中で、標高が一番高いのが大岳の一五八四mである。南方約二〇kmにあるカルデラ湖十和田湖と並んで、一大火山群を形成している。

八甲田の名の由来については諸説あって、「八つの盾状（甲）の山がある田」もその一つだ。つまり、八つ（多い）の山（火山）が連なり、湿地帯（田）のある山という意味だ。湿地帯は広大な毛無岱を指すようだ。また、八の字形の山々が連綿と続くからとも云われている。八甲田の春から夏にかけての景色は、生命溢れる美しい山容を見せてくれる。

だが、この山は冬季になると、日本海からの強風に晒されて、恐ろしい魔の山と化する。その様子は高倉健、北大路欣也主演の映画「八甲田山」を観れば分かる。この映画は一九〇二年（明治三五年）一月二三日、青森の旧日本陸軍歩兵連隊の八甲田雪中行軍を描いたものだ。雪中行軍の将兵二一〇名中一九九名が凍死すると云う大惨事となった。助かったのは僅か十一名である。

その生存者の一人後藤房之助伍長は、宮城県栗原市生まれの小作農家の五男だったが、口減らしのために陸軍に志願した。だが、冬山の知識があったため凍死寸前の姿で下山して救助を求めた。彼の決死の努力で十一名の命が救われたのだが、八甲田山にその功績を顕彰して彼の同像が建立されている。彼は凍傷で両手の指を全て失うが、その後結婚をして平和な家庭を築き、子どもを育てて県会議員まで務め天寿を全うした。

当時、日本陸軍は仮想敵国ロシアとの交戦を想定し、寒冷地での軍事訓練が課題だった。だが、豪雪とマイナス二〇度を下回る厳冬期の訓練は、余りにも地理学、気象学、山岳技術、装備などの知識に欠けていたと云える。気の毒だが、これでは自殺行為と云われても仕方がないだろう。映画は新田次郎著「八甲田山死の彷徨」をもとに製作されたが、事実に反している部分があると云う指摘もある。

八甲田に初めて行ったのが四三年前の七月中旬で、北海道大学に出張の途中だったので慌ただしい旅だった。二度目が二四年前の九月初旬で、これは八甲田、奥入瀬渓流、十和田湖などの観光目的だった。八甲田山の毛無岱まで登ったのだが、ナナカマドの実が赤く熟れていた。だが、毛無岱の草紅葉には少し時季が早すぎた。三度目は十八年前の冬季で、除雪作業で国道一〇三号線が通行可能であり、酸ヶ湯温泉が年中営業していたからだ。八甲田山麓を迎えの車で走ったが、その雪の多さにあの雪中行軍の将兵達に想いを馳せた。

二度目の八甲田への旅は家内との同行だったが、一九九四年九月二日（金）午後八時過ぎ、大阪発青森行きの特急日本海三号に乗車した。往路は電車を利用し、復路は飛行機を利用する旅行計画だった。この場合の往路の旅は、東海道本線、湖西線、北陸本線、信越線、羽越本線、奥羽本線を利用するが、十府県にまたがる列車の旅だ。行楽や登山の旅は、列車で楽しみながら行くのがポリシーで、飛行機であっと云う間の旅は味気がない。青森駅に着いたのが翌三日（土）の十一時半過ぎで、雨男の私には珍しく快晴の天気だった。線路を跨ぐ高架橋の上からの津軽海峡は、真っ青で素晴らしい眺めだった。

そもそも、家内と共に八甲田山に行った時は動機が不純で、八甲田山に近い酸ヶ湯温泉に混浴風呂があることを知っていたからだ。勿論、それが目的で青森まで行った訳ではないが、多少興味があったことは事実だ。その天罰は覿面で、青森駅で階段の頂上から脚を滑らせて、左肩の旅行用バッグと共に階段を滑るように転げ落ちた。そして、階段の一番下でカバンの上に身体を乗り上げ、顔面を庇うため一回転して右手をついた。

階段から転落した音に驚いた駅員二人が心配そうに駆けつけてきた。駅員が大丈夫ですかと尋ねたが、上半身を支えた右手首にひどい痛みがあった。左手のカメラを手放さないよう庇ったこともあって、不自然な体形で転げ落ちたらしい。身体の方も彼方此方打ったが骨折はないようだった。だが、右手首の痛みがひどいので駅員にそれを訴えると、近くの整形外科医院を紹介してくれた。すると、駅事務室に警察官が来ていて、パトカーで送ってあげましょうと云ってくれた。

青森駅で下車した多くの乗客の前での出来事だったので、痛さと恥ずかしさですっかり我を忘れていた。その間家内はどうしていたのかさえ覚えがない。他のお客さんに迷惑を掛けたかも知れないが、云われるままにパトカーに乗って整形外科医院へ行った。だが、悪いことに当日は土曜日で、午後は休診だった。院長は診察に応じてくれたが、レントゲン技師が帰った後だったので、レントゲン撮影が出来なかった。

院長がどうされたのですかと尋ねたので、青森駅の階段の頂上から転げ落ちたと云った。身体の方も打ったようだが、右手首がひどく痛むと返答した。五〇歳過ぎと思われる院長は、真剣な眼差しで右手首を押したり曲げたりした。患部を曲げられるとギクッと痛んだが、押されたくらいではさほど痛みはなかった。余計なことだが自分は骨は丈夫な方で、スキーや登山で何度も転倒しているが、骨折したことはないと訴えた。

院長はレントゲン写真がないので正確な診断は出来ないが、受傷後既に三〇分以上も経過しており、ひどい腫脹が診られないので多分骨折はないと云った。「仰るとおり骨は丈夫そうですね」と、皮肉めいた口調で付け加えた。院長の所見によると、このような事故の場合手首の尺骨の付け根部分が、いちばん骨折し易いそうだ。兎に角、患部を冷やすようにと指示され、湿布薬を処方してくれた。身体の方も打撲傷だけで骨折はなく、傷もかすり傷程度で済んだ。院長は酸ヶ湯温泉に行くのであれば、医師が常駐しているので、念のため手首を診てもらって欲しいと云った。私は内心ホッとした。もし骨折となれば、のん気に山や温泉で物見遊山をして居るわけにいかないからだ。

この旅行計画は旅行会社に頼んで、チケットや宿泊などを手配をしてもらった。旅行業者の事前の説明では、「何とか割引」のため旅行を中止すれば、返金額は半金以下になると云っていた。どうも、生来の貧乏性が抜けないので、身体より金銭のことを先に心配してしまう。酸ヶ湯までの交通手段は、路線バスを利用することになっていた。十一月初旬頃まで酸ヶ湯と十和田湖の子ノ口《ねのくち》まで、毎日何本か路線バスが走っていた。青森駅の駅員や交番の警察官に礼を云って、青森駅前から酸ヶ湯行きのバスに乗った。時計を見ると既に午後一時を大きく回っていた。

バスを途中下車して八甲田ロープウエイで山頂公園まで上がった。八甲田山にはトレッキングコースが整備されていて、そのまま酸ヶ湯まで行けるコースもあったのだが、時間的に無理があったし、山歩きの装備もしていなかった。後藤伍長の同像を見上げ、なぜか自然に敬礼をしてロープウエイで下山した。

それから再度酸ヶ湯行きのバスに乗車して温泉を目指した。だが、家内には酸ヶ湯には男女混浴風呂があることを隠していた。何時までも内緒にしておくわけにもいかないので、車中でそのことを打ち明けた。

「あのなぁ、酸ヶ湯は男女混浴になってねんで」

「えー、そんなこと云うてなかたんちゃうの」

「そんなこと云うてたら来《け》ぇへんだやろ」

「私そんなんいややでぇ」

「心配せんでえーてッ、第一裸見られて恥ずかしい歳ちゃうやろ」

「あほ云わんといて」

と、ボソボソ喋っているうちに酸ヶ湯についた。

温泉に着いたのは午後五時近くになっていた。受付に行くと女性従業員が、チェックインは午後四時までにお願いします、と不機嫌そうに云った。

酸ヶ湯温泉はおよそ四百人が宿泊可能で、国民健康保養温泉地第一号に指定された温泉旅館である。滞在型の施設もあるので、旅館内には食材を売る店、医務室、炊事場、理髪店などが揃っていた。八甲田山系の火山起源の酸性度が強い硫黄泉なので、広大な温泉施設全体に硫黄臭が漂っていた。周辺の土地からも白い火山性ガスが吹き上げていた。そのため鉄製のものは全て腐食するので、部屋には冷蔵庫、テレビ、冷暖房機など電気製品は何もなかった。鉄材など金属を腐食させる環境の中で、人間が長期間滞在して大丈夫なのか、少し心配だった。

酸ヶ湯温泉は、私達が行ったときは純和風で、各部屋はの入り口は殆どが格子戸と分厚いフスマの戸だった。鍵は掛けられたが旅館全体の雰囲気を察すると、如何にも東北地方と云う感じがした。部屋に手荷物を置くと直ぐに医務室に行き、中年女性の医師に右手首の診察を受けた。医師は手首を曲げたり押したりしたが、少し鈍痛があり、腫れもあったようだ。医師は「私は内科医で触診だけでは確かな診断はできない。骨折はないと思われるが、念のため手首を温泉に漬けないでください」と、云った。何れにしても事故の割りに、手首を除けば、身体のかすり傷と軽い打撲傷で済んだようだ。

酸ヶ湯の共同浴場は「ヒバ千人風呂」と呼ばれ、浴槽、浴室全てがヒバの木で造られている。屋内の広さが一六〇畳（八〇坪）あるとされ、浴室は縦長に造られていた。風呂場の入り口面の広さは二〇m以上あったと思うが、流石に脱衣所は壁で仕切られ、男女別々になっていた。家内は入浴を嫌がっていたが、脱衣所を見て安心したようだ。だが、浴室の内部の湯船は全て男女混浴で、浴室を入った辺りに、黒ずんだ大きな木製の湯船があった。湯の色は酸性硫黄泉なので白濁していた。浴室内には冷泉や打たせ湯などがあったが、その配置などは詳しく覚えていない。この浴室全体に使用されているヒバは、全て寒冷な気候の中で育った青森ヒバで、ヒノキチオールと云う芳香化合物が多量に含まれている。そのため抗菌・防黴《バイ》効果に優れ、しかも、シロアリからの食害も防げる。浴室の素材としては木材の中で一番優れた材料とされている。

打たせ湯で身体を洗って千人風呂浴に入ったが、広い湯船を見渡せば、男女混浴の心配は全く杞憂に過ぎなかった。その時湯に浸かっていた男女は、五〇歳代の私と家内が一番若いように見受けられた。しかも、老齢の男女それぞれが分れて湯浴みしていたのだ。江戸時代、庶民の住居には内風呂がなかったので湯屋（銭湯）を利用したが、中は薄暗くて男女混浴が一般的だった。一七九一年（寛政三年）第十一代将軍徳川家斉は、無粋にも「混浴禁止令」を出したが、当時銭湯に二槽の浴槽を作ることは経済的に難しく、この禁止令は守られはしなかった。今節男女混浴を望むような人達は少ないし、酸ヶ湯内には「玉の湯」と云う男女別の浴槽も設えてある。混浴が嫌であればそれを使えばいい。酸ヶ湯千人風呂は、歴史的文化遺産と考えれば、違和感なく受け入れられる習俗だ。

奥入瀬渓流は十和田湖子ノ口から、渓谷を北東に流れ下る長さ約十四キロの渓流だ。二日目は十和田湖畔焼山温泉で宿泊したが、我々は初秋の奥入瀬渓流の真っ直中を散策することが出来た。この辺りがツアーと違うところで、添乗員に急かされることもなく気楽に旅が出来る。

十和田湖は十和田火山群の噴火・陥没で形成された二重カルデラ湖である。現在も活火山として監視体制がしかれている。湖の面積はおよそ六一平方㎞あり、最深部は約三三〇ｍとなっている。地学の書物では、十和田湖湖水は外輪山からの湧水しかないとされている。しかし、奥入瀬渓流は、全て十和田湖子ノ口から流出する湖水となっており、その割りに一年を通じて渓流の水量が変わらない。これは十和田湖の水位が一年を通じて安定しているからだが、水を供給する河川がないのになぜ水位が安定しているかの不思議とされている。ある文献では二、三の小川が湖に流入しているらしく、外輪山を調査したわけではないので、確かなことは分からない。

遊覧船乗り場休屋《ヤスミヤ》の近くには有名な乙女の像がある。昭和二二年、時の民選知事津島文治

（太宰治の兄）の発案で、十和田湖の国立公園制定十五周年を記念して、高村光太郎の手によって造られたものだ。これには詩人佐藤春夫らの具申もあって、昭和二八年十月少女の裸像が建立された。少々太めの裸像だが、七〇歳を過ぎた光太郎の斬新とも云える少女像だ。お決まりの「何々記念の碑」でなくて本当に良かった。若々しい少女の肉体は、十和田湖畔の景色とよくマッチしていた。

足かけ三日間に渡り八甲田山から十和田湖まで観光を楽しんだ。だが、この火山地帯の複雑な地形を見ると、冬場に五m超える積雪があれば、あの二一〇名の雪中行軍は素人考えでも無謀だった思える。現在の防寒用具をもってしても、八甲田山を多人数で行動するのは危険行為だろう。ホワイトアウトと云う現象がある。航空機が雲の中で迷走したり、人や車が雪の中で自分の位置情報を掴めなくなることだ。情報網が不完全だった当時、雪中を彷徨した将兵たちは無念だったに違いない。百年以上も前の出来事ではあるが、犠牲となった将兵の冥福を祈らずにはいられなかった。

私達は焼山から路線バスで帰途についたのだが、初日から前日まで天候は快晴に恵まれた。ところが、帰る日になって空模様が怪しくなり始めた。青森駅に着いた頃は本降りになっていた。駅前の空港案内所で欠航はしないと云うものだから、魚市場で大量の生の魚介類を買い込んだ。駅前に帰ってみれば、一転して欠航の貼り紙があり窓口を閉ざしていた。更に、

ＪＲの窓口に行って大阪までの列車のチケットを請求すれば、今度は駅員から国鉄の分割により他社との連絡は分からないと一蹴された。これから凄い帰途の旅となるのだが、長くなるのでまたの機会にお話しする。

II

トリカヘチャタテは女が男

二〇一七年のイグ・ノーベル賞生物学賞を北海道大学大学院吉澤和徳准教授らが受賞した。受賞の理由はブラジルの洞窟でチャタテムシの新種の発見によるものだ。この新種のチャタテムシはトリカヘチャタテと呼ばれている。

チャタテムシとは、茶筅でお茶をかき混ぜるとシャカシャカと音が出るが、その音に似た羽音を出す虫のことだ。体長は三〜七ミリほどの小さな昆虫で、シロアリほどの体型をしている。チャタテムシは家の片隅など身近なところに棲んでいて紙、本、障子の糊、粉もの、革製品など食す目立たない昆虫だ。昆虫学の分類もシラミ、ハジラミ、ケジラミ以外の微少昆虫の総称とされる気の毒な存在だ。

この受賞については朝日新聞の一面に写真入りで紹介されていたが、変わったチャタテムシがいるものだ、と云うくらいの関心しか持たなかった。ところが、NHKテレビ番組「サイエンスZERO」で、詳しくその生態を解説していたが、それを観て少し考え方が変わった。トリカヘチャタテはその繁殖行動が、一般の昆虫と大きく変わっていた。即ち、オスとメスが入れ替わって、メスが交尾器であるペニスを持っていたのだ。つまり、男性が女性器を女性が男性器を持っていたのだ。「トリカヘ」と云う言葉は、平安時代後期に成立した作者不詳の物語、男性と女性が入れ替わる「とりかへばや物語」から採られた。

こうなれば人間のおネエとは異なり、まやかしの女性ではないのだ。大袈裟に云えば、股間に出っ張りがあるから男性で、出っ張りがないから女性であると云う概念を根底から覆す必要がある。

トリカヘチャタテは交尾の際メスが交尾器をオスに挿入するのだが、その際オスはメスに精子と栄養分を添えて渡す。ところが、その交尾の時間がとても長く、中には七十時間もオスを離さないメスがおり、随分精力的な虫なのだ。研究者に云わせれば、この長時間の交尾はオスがメスの「生殖コスト」を負担していると解説している。これは出産と云う行為は、メス（女性）の一方的な生死をかけた行為であるからだ。生殖コストの負担とは、メスの生死をかけた行為（コスト）を、オス（男性）がその一部負担すると云う意味だ。家の部屋の片隅でシャカシャカと鳴いているゴミのような虫が、人間より立派な生殖行為をしていたのだ。

トリカヘチャタテの交尾を外見だけ見れば、我々素人はメスをオスと見誤ってしまう。だが、吉澤准教授らは精子の受け渡しまで細かく観察したことによって、新種の虫を発見したようだ。チャタテムシは世界に二千種近くもいると云われている。我々の生活圏の至る所に生息しており、身近にいる昆虫だけに面白い民間伝承もある。

日本各地には妖怪伝承が数多く存在する。例えば「小豆あらい」と云う妖怪は、座敷の片隅でシャカシャカと小豆を洗う妖怪だ。ところが、家人が家中その妖怪を捜すのだが何も見つからない。これはチャタテムシが障子の糊を食べる際、羽音が障子紙に反響する共鳴音だ。我々が妖怪やお化けに驚かされるのは、人の思い込みからくる。墓場があるから「怖い」、と思うから不気味な想像をしてしまう。「幽霊の正体見たり枯れ尾花」と云うことわざがある。しかし、実際に妖怪やお化けなど存在しない。

そう思えば気が楽になってきた。東北地方には座敷童子の話が数多く残っている。あの座敷童子に是非会ってみたい。悪さをするらしいが、可愛いらしい姿をしており、会えば幸運をもたらせてくれるそうだ。会ったら宝くじでも買おう。あの雪女にも会ってみたい。冷たくて恐ろしい女性らしいが超美人だ。恐ろしくても、美しい雪女に会うことが出来るのであれば、このしなびた命は惜しくもない。ただ、貧乏くさい小豆洗いに会うのだけは勘弁して欲しい。

イグ・ノーベル賞は「人を笑わせ考えさせられる発見や研究」に対して授与される。謂わば科学の一種のパロディだが、ハーバード大学で授与式が行われる。研究者の旅費などは全て自己負担で、ノーベル賞のように一億二千万円もの賞金もでない。なぜか、授賞式の前に会場の出席者全員が一斉に紙飛行機を飛ばすことが習わしだ。どこまでふざけているのか見当もつかないが、面白くて味のある賞だ。

アゲハチョウ

大阪北部の能勢町にギフチョウが生息しているとは知らなかった。日本でも数少ないギフチョウの生息地だそうだ。能勢町の山間部は、福知山市に墓参に行くとき自動車でよく通るところだが、この辺りも開発の手が伸びてきており、ギフチョウの生息が脅かされているようだ。そのため地元の人達と電力会社が協力して、ギフチョウの生息状況が調査されることになったと今朝の新聞が報じていた。

ギフチョウは早春に出てくるアゲハチョウ科の蝶で、雌は受胎嚢という貞操帯のようなものを身につけている珍しい蝶だ。少年の頃クヌギなどの雑木林で見たことがあるが、翅をとじると地味な感じの蝶なので、当時は余り関心がなかったの捕らえた覚えはない。貞操帯を持ったこの蝶は、一度交尾すれば二度と交尾をしないらしい。

私はそんな性質に興味あったので、箕面公園にある昆虫館まで標本を見に行った。その後、この蝶のことを昆虫図鑑などでよく調べると、受胎嚢は貞操帯ではなく、交尾した際、雄が出す分泌物で受胎嚢が封印され、結果的にギフチョウの雌は操を守ることになるようだ。

これを少し科学的な見方をすれば、雄が自分の遺伝子を遺すための行動と考えられる。もっとも、蝶のような昆虫に貞操感などある訳がなく、どんな蝶でも一度交尾すれば再び交尾することを拒否するのが、蝶の一般的な行動であるようだ。人間の夜の蝶よりは貞操感があるのかも知れない。

殆どの蝶類は幼虫の食草（食樹）が決まっており、ギフチョウはカンアオイという草を食草にしている。このカンアオイはクリやナラなどの雑木林に生育するので、山が人間の手などによってスギやヒノキなどの人工林に変えられると、カンアオイは生育できなくなってくる。したがって、それを食草とするギフチョウが成育できなくなるのだ。自然の生態系に人間の手が加えられると、連鎖的に生き物が失われていくよい例だ。自然界でこれに似たような現象は近頃珍しくはない。

少年時代父親の郷里である福知山市に住んでいたが、終戦後間もない頃の市の周辺は自然が良く残されていた。しかし、今は国道九号線が整備され高速道路までできてしまい、その頃の面影と言えば所々に残っている旧街道の低い軒の町並みくらいだ。当時国道は砂利道だったので、国鉄バスがモウモウと砂塵を巻き上げながら走っていたのを、ついこの間のように思い起こされる。

その頃住んでいた家の背戸に二m程の高さのサンショウの木が二本あった。この木によくクロアゲハが来ていたが、このような匂いのきつい木になぜクロアゲハ来るのか不審に思っていた。この頃昆虫採集に夢中になっており、この黒光りする大きな翅を持ったアゲハはあこがれの的でもあった。その頃でもアゲハは数が少なく、特にクロアゲハは我々子供達の垂涎の的だった。

私達はこの大型のアゲハをカラスアゲハと呼んでいたが、それは烏のように黒い大きな翅を持っていたからだ。実はカラスアゲハと名の付く蝶は別にいるのだが、私達は何も昆虫の勉強をするために採集をしていたのではなかったので、その辺りは実にいい加減だった。もっとも、私が通学していた中学校の図書室には、昆虫図鑑など参考書が余りなかったので詳しく調べようもなかった。

ある日二本あるサンショウの雄株の方に、まるで恋人同士のように二匹のクロアゲハが来ているのに運よく出会した。サンショウは雌雄異株のミカン科の植物である。二本植えてあるのはそのためだが、雌株の方には実がなり、雄株の方には当然実はならない。雄株の方に来ていたアゲハは、その行動からしてどうも産卵に来ているようだった。私は捕虫網を持ったまま物陰に身を潜め、じっとその様子を観察していた。

そうしている中に、その二匹のアゲハはまるで申し合わせたように木の上部まで舞い上がると、近くの竹藪の中へ飛び去ってしまった。二匹のアゲハを捕らえるチャンスを逃したことを残念に思ったが、同時に自分の遊び心を満足させるために、数少ないアゲハチョウを捕らえなかったことは、いいことをしたのではないかと言う思いもした。

アゲハの飛び去った後のサンショウの葉をよく調べてみると、仁丹ほどの半透明の卵が十二、三個程産み付けられていた。矢張りクロアゲハは産卵に来ていたのだった。それにしても産卵数の少ないのには意外だった。蝶や蛾の仲間にはやたらと産卵するものがいるが、アゲハには食草に対する適正な産卵数を判断できる能力が備わっているかのようだった。

それから、今度はトゲだらけのサンショウの木をよく調べてみると、気味の悪い大きな眼をした青虫が数匹いた。更にその青虫をよく観察してみると、青虫の眼と思ったのは実は眼ではなく、それは眼によく似た青虫の体の紋様だった。その体長四㎝程のナメクジ型の青虫は、状況から判断してクロアゲハの幼虫かと思われた。そして、その幼虫の体を細い木の枝で軽くつつくと、頭部の辺りから西洋ニンジンの色をした「ベロ」のようなものをニューと出した。

その様子は何とも気味が悪く、おまけにサンショウの匂いが混ざった悪臭を放ったのである。幼虫のこれらの行動は、どうも外敵から身を守る術なのだろう。彼らを捕食する鳥たちは、サンショウのトゲだらけの枝に止まるのを避けるし、幼虫の気味悪い姿と悪臭で、これを啄むのを躊躇するのではないかと思われた。クロアゲハは実によい植物を食樹にしたが、それにしても幼虫は、このような匂いのきつい葉をよく食べられるものだと感心した。

サンショウの葉は母が筍を煮たときなどによく取りに行かされたが、その時私はなぜか雌株の方の葉をもぎ取った。雌株の葉の方が雄株のそれよりも幾分しなやかで、舌触りもまろやかな感じがしたからである。クロアゲハがなぜ雄株の方によく来ていたのか理由は分からないが、雄株の葉は多少大きかったかも知れない。ただ、雌株の方は井戸端近くに植えられていたので、井戸端の近くは人の気配が多いので、アゲハはそれを嫌ったと考えた方が多分正解だ。

その後友達に教えられたのだが、クロアゲハは同じミカン科の植物であるカラタチやユズなどにも来るらしく、この方の幼虫の出す臭いは、サンショウの木にいるものより幾分ましであるとのことだった。しかし、この気味悪い青虫がやがて蛹になり、羽化して美しい蝶となっていく様は神秘的でさえある。このような青虫があの気品ある美しい蝶に変身するとは、到底考えられなかったからだ。

一般的に青虫は蝶に、芋虫は蛾になると云われているが、昆虫図鑑などでよく調べると必ずしもそうではなく、芋虫でも蝶になるのがいるらしい。蝶や蛾の区別もそうであるが、触角が細長く先端が丸いものは蝶で、細い櫛状や糸状のものは蛾であるとされている。これも必ずしもそうではないようだ。大体蝶と蛾を別の種であるかのように分類するのがおかしいのかも知れない。

ところで、ダイダイやユズなどミカン科の植物の葉を手などですり潰すと、独特の青臭い香りが出てくる。それは果実ほどのよい香りではないが、柑橘類特有の香りである。そして、じっくりその匂いを嗅ぐと、サンショウの匂いも混ざっている。少々乱暴な言い方をすれば、クロアゲハはミカン科の植物であれば、カラタチであろうとユズであろうと何でもよいのではないかと思われる。また、サンショウの木の葉はミカンやユズなどと違い羽状型で冬季に落葉するが、サンショウの実を虫眼鏡などで観察すれば、その形態はミカンそのものである。

サンショウの実と言えば丹波地方の特産品の一つであるが、サンショウの実の佃煮などは駅の土産品売り場などでよく見かける。しかし、福知山市の周辺で、サンショウが大量に栽培されているところは見た事がない。ギフチョウの生息する能勢町では栽培されているところは聞いた事があるし、テレビなど映像で見た覚えがある。

それにしても、私が少年の頃クロアゲハが産卵に来ていたサンショウの木は、知らぬ間に二本とも無断で切り倒されていた。誰が切り倒したのか知らないが、枝を払って幹だけが持ち去られていた。サンショウの木は摺り子木の良い材料になるので、何処かの家庭で摺り子木として使われているのかも知れない。ここ数年は墓参は年二回程度しか帰ることがないので、仕方のないことだと諦めている。

墓参に帰ったときに周辺の山々をよく散策するのであるが、クロアゲハはここ数年来出会ったためしがない。クロアゲハが食樹とするサンショウの木は、山歩きをすると時々自生しているのを見かける事があったが、それも盗掘されたのか全く見かけなくなっている。もうあの辺りにクロアゲハはいないのかも知れない。

墓地の近くには工業団地が造成され、山のあちこちが平地となり宅地が進出してきている。道はアスファルトで固められ、道に沿って流れていた小川はコンクリートの川底になってしまった。私が子供の頃のこの辺りの小川は、深く澱んで両岸からは川面が見えないくらい雑草が茂っていた。初夏にはホタルが飛び交い両手に溢れんばかりに捕らえることができた。ホタルの幼虫は川底に住むカワニナを捕食して成長するのだが、川の環境が変わってしまい、カワニナの姿を全く見かけなくなった。ホタルがいなくなったのは川の環境が変化し、幼虫の餌が断たれたことが大きな原因である。また、川の護岸工事でサナギになって羽化する土手が少なくなったのも、その原因の一つだ。

中学校に通っていた頃、初秋の道路の雨上がりの水溜まりには、セセリチョウなどがよく群がっていた。その群れに近づくとまるで追い駆けっこでもするかのように、彼らは次の水溜まりを目がけて忙しげに飛んでいったものだ。彼らを、面白がって、なおしつこく追い回すと、やがて彼らは道ばたに乱れ咲く秋ハギの中に逃げ込んでしまうのだ。私は雨に濡れた秋ハギをみて、子供心に秋が近づいたなと感じとったものだ。

また、道ばたに牛糞などがあれば、わんさとチョウが群がっていたが、あのチョウたちは一体何処へいってしまったのだろうか。多分、自然が人間の手で荒らされたことにより繁殖の道を断たれてしまったのだろう。

新聞のギフチョウの記事を読んで、貧しかったが兄弟や友達と虫を追って遊んだ少年の頃を思い起こし、ひとしきり感傷的な気分に陥った。

セセリチョウの秋

子供の頃初秋の雨上がりの野道を歩くと、セセリチョウが忙《せわ》しく飛ぶ姿がよく見られた。このセセリチョウは、ほとんどがセセリチョウ科のイチモンジセセリという仲間で、道端の花や水たまり、柿など果物の腐ったもの、牛糞などの汚物が落ちていたりすると、それに好んで集まる。イチモンジセセリは体長三㎝程度の小型のチョウで、その名のとおり二㎝余の後翅の裏側に一文字に並んだ四個の銀色の斑点が見られる。イチモンジセセリは六月頃から十月にかけて発生するが、サナギ若しくは幼虫で越冬するためか、初秋の頃に個体数が多いように思われる。これによく似た仲間にチャバネセセリがいるが、この種類は後翅の裏の斑点が規則正しく並んでいない。この二種類のセセリチョウの幼虫は、イネ、ムギ、ススキなどイネ科の植物を食害するので、我々にとっては害虫のはずだが、セセリチョウによって米などが不作になったという話は聞いた覚えがない。

セセリチョウの仲間は世界におよそ四千種いるとされていおり、何れも小型種又は中型種のチョウで、大型の種はいない。日本には約三十七種いるとされているが、特殊な種を除いて、ほとんどが温暖な関東以南に生息している。セセリチョウの特徴は頭部、胸部、腹部がズングリしており、チョウの仲間では羽が極端に短く、飛翔する生物としてはバランスが非常に悪い。そのため、アゲハチョウなどのようにヒラヒラと優雅に舞うわけにはいかない。忙しく飛ぶのは、羽を高速に動かせ揚力を得るためだ。そのため胸部の筋肉が発達して胴体が太くなってしまった。セセリチョウはその体型からガ（蛾）の一種と間違えられ勝ちだが、実は立派なチョウの仲間である。その証拠にズングリとした頭部から穂先の太い触覚が二本突きだしている。また、頭部からは体型に相応しくない長い口吻《こうふん》がある。

セセリチョウの名前は「ものをせせる」から来ており、長い口吻で花や汚物を突《つつ》き回す仕草に由来する。汚物をせせるのは、ミネラル分を補給するためだと知人に教えられてことがあるが、汚物に集まるのはセセリチョウだけではないので誤りではなさそうだ。一度アゲハチョウの類が、セセリチョウと仲良く汚物に集まっている姿を見たことがあるので納得した。

子供の頃雨上がりの野道でイチモンジセセリを見つけると、彼らをしつこく追い回したことがある。しかし、彼らも中々のもので、水たまりから次の水たまりへと俊敏に移動して、決して遠くに逃げようとはしないのだ。彼らはどうも野鳥などの捕食者と見分けがつくようで、まるで人間をからかうように「ここまでおいで」と、その場を離れるだけだった。それでも、しつこく追い回したことがあったが、流石に彼らも疲れたのか道端に乱れ咲くアキハギ（秋萩）の中に逃げ込んでしまった。追い回した私も疲れてしまい、後でよく考えると、どうも彼らに遊ばれていたような気がした。

今私が住んでいる箕面市東部辺りは、箕面連山が近いこともあって、二十七年前に引っ越してきた頃は、豊かな自然も残されていた。私の住んでいる場所は国道一七一号線に近く、五分ほど歩けば北千里、千里中央、阪急石橋、JR茨木に通じるバスが頻繁に走っている。その後住宅地が増え始めて、現在は山の裾野まで戸建て住宅やマンションのオンパレードだ。市立運動公園がある辺りに僅かに田畑など自然が残されているだけだ。以前は多くのイチモンジセセリの姿も見られたが、今は彼らを探すのは大変だ。道端のキク科などの植物の花や、市立運動公園の周囲に僅かに残された田畑の作物に、モンシロチョウやモンキチョウなどと混ざって、僅かにその姿が認められる。

滝で有名な箕面公園に行けば箕面昆虫館があるが、チョウなどの昆虫の飼育をしており、その生態などを図解している。生きた昆虫を知らない子供達にはいい教育の場所だ。しかし、今の子供達はチョウがアオムシから変態していくのを不思議がっている姿をよく見かける。私が子供だった頃は、チョウが変態していくことは当たり前のことで、何も不思議なことではなかった。

昆虫が卵から成虫になるには、完全変態と不完全変態と二つの形態の過程を経て成虫となる。昆虫の変態をごく簡単に言えば、完全変態はチョウ、ハチ、ハエ、カブトムシなどで、不完全変態はセミ、カマキリ、トンボ、バッタなどである。前者は卵、幼虫、蛹、羽化の過程を辿って成虫となり、後者は卵、幼虫、脱皮の過程を辿り成虫となる。完全変態のチョウはあの青虫が蛹に変態するのである。蛹の中はあの青虫が一旦再形成された状態となり、成虫の姿に変形していくのである。不完全変態のトンボは卵から幼虫ヤゴになり、水中で脱皮を繰り返しながら成長していくのだ。ヤゴが成長して脱皮の時期を迎えると、その表皮を脱いで成虫となる。ただ、それだけの違いではあるが、不完全変態のトンボやセミの脱皮寸前の形態は既に成虫の姿である。

余談だが、一般的に変態と言えば、電車の中や混雑する駅のホームなどで女性に悪さをする男性の異常な行動を考える。先だっても、大阪の現職の若い警察官が、駅のホームで女性の身体に触れて逮捕された。この行為は「変態性欲」と呼ぶ精神医学用語だそうだ。変態とは正しくは昆虫や植物などが成長する過程やその状態を指す。変態と言えば人間の性的異常行為と思われがちだが、それは誤用で植物や昆虫達に失礼だ。

寄生虫館

東京山手線目黒駅近くに目黒寄生虫館がある。目黒駅で下車して駅から約二㎞ほどの距離だが、細長い六階建てのビルの中にあり、徒歩でも十分行ける距離だ。ビルの一〜二階が展示室で、あとは研究施設になっている。約三百種の展示品を収容しており、寄生虫専門の展示施設としては日本最大級である。公益法人で入館料は無料だが、心のある方は寄付金を納めることになっている。事前の案内書の知識では、現在感染例が少なくなったが、サナダムシ(真田虫)の標本が展示してあり、その長さは八・八メートルとしてあったので、是非行ってみたかった施設だった。私は定年を前にして同僚と二人で東京に出張したのだが、その帰途寄生虫館に立ち寄った。

同僚は気味が悪いので入り口で待っている言ったので、私は何が気味が悪いのか分からなかったが、仕方なく一人で入館した。その際幾ばくかの金銭を寄付金箱に投入して入館した。館内には小・中学生と思われるグループなどが相当いた。参考書や研究資料などを置いていた部屋があったので、研究者や大学生と思われる人達も、熱心に調べ物をしていた。展示品はフォルマリンやアルコール漬けのものが多かったが、例のサナダムシ（条虫類）の標本は、サナダムシの先端から後尾まで途切れることなく、細長く折り曲げて長方形の薄い「ガラス箱」に入れて展示してあった。

我が国では鎌倉時代あたりから近代（昭和三十年代始めくらい）に至るまで、人の下肥は田畑の貴重な肥料として使われてきた。戦後小・中学校に通っておられた方なら、年に一度くらい検便と称してマッチ箱などに、自分の便を少量入れて学校に持参した方も多かったと思う。それくらい、当時は回虫など寄生虫を、お腹に養っている人が多かった。検便は、それらの寄生虫が産み落とす虫卵を検査するための検体であったのだ。当時回虫は、日本人がお腹に宿している人が一番多い寄生虫だった。検便の結果回虫がいると分かれば「マクリ」と呼ばれる海藻から採った実に飲み難い煎じ薬を飲まされた。今ではいい回虫駆除剤があるので、仮に回虫がいるとしても、マクリのお世話にならなくて済む。東京の人口が増え始めた明治の初期辺りから、市民の下肥を肥料として処理したため、それを使った埼玉県や山梨県辺りでは、県民に回虫症が急激に増加したと言われている。

寄生虫館では回虫（ヒト回虫）の標本や、回虫症（お腹に多数の回虫がいる）で亡くなった方の解剖写真まで展示してあった。回虫は犬、猫など数多くの哺乳類の腸にも寄生するが、ヒト回虫とは種類が別だ。ヒト回虫は雌雄異体で雄は十五～二十cm、雌は二十～三十cm程度あって、視細胞など感覚器官を全く持たない。人の小腸に寄生するミミズのような形態の虫で、ただ、口と肛門があるだけだが、生殖器官だけは発達しており、雌は一日十万〜二十万個以上も産卵する。

だが、回虫の人体への寄生経路が実に複雑で、口径感染であるが、虫卵で汚染された食物により感染する。虫卵が人の口に入ると飲み込まれて、胃液で虫卵の殻が柔らかくなってくる。虫卵は胃液など酸に強く小腸に送られ、そこで孵化して約一㎜ほどの小さな線虫になる。そして、線虫は小腸の腸管を食い破って人体の血流に乗って肝臓に達する。更に線虫は肺臓に到達し、今度は気管支を這い上がって食道に至る。食道まで来ると、人の食べ物に混ざってまた小腸に戻り、そこに居着いて宿主である人間から栄養をもらって成虫となる。幸い成虫が小腸内で産卵したものが、そのまま孵化して人体内で成虫になることはないようだ。

回虫が何故このような複雑な経路で人体を辿るのか不思議だが、人類の進化の過程でそのようになったのではないかと想像するだけだ。これは私の想像であるが、回虫の名はこのように人体の中を動き回るから、そのように命名されたのかも知れない。最近有機栽培と称して野菜などを育てているが、もし人間の下肥などを使用されていたら注意が必要だ。人間の糞尿を幾ら発酵や腐敗させても回虫の虫卵は死なないし、酸やアルカリにも強い抵抗力がある。

十二指腸虫（鈎虫）も人間の消化器に寄生する約一㎝ほどの線虫で、これは回虫と感染の仕方が少し異なる。鈎虫の虫卵は回虫と同じく人の排泄物と共に排出され、土壌などの中で孵化して小さな幼虫（幼生・クラミジア）となる。この幼生は、人の口から食物と一緒に飲み込まれて口径感染したり、人が裸足や素手で田畑の土に触れると、クラミジアが皮膚からも浸入するようだ（これには異説がある）。

人体に浸入したクラミジアは血流に乗って、回虫と同じような経路で、最終的に小腸に達する。幼生はそこで成虫となるのだが、これは回虫と異なり小腸の壁に食い付き血液から栄養を得て成長する。そのため多数の鈎虫に感染すると、被感染者は貧血などの栄養障害（鉄欠乏症など）を引き起こす。これも感染が分かれば駆虫剤を飲んで、鈎虫を駆除することができる。

私は人間の消化器系の寄生虫で一番興味があったのは、冒頭で述べたサナダムシだったが、この寄生虫の生態は少し変わっている。サナダムシも口径感染するが、この寄生虫は脊椎動物の殆どに寄生し、それぞれ種類も違うようだ。しかし、その口径感染の仕方が、回虫や十二指腸虫と大きく異なり、直接的な口径感染ではなく、間接的な感染の仕方なのだ。所謂中間宿主を介して最終宿主である人の消化器官に辿り着くのである。人間の一番多い感染の仕方は獣肉の生食をしたときだ。特に豚肉の生食は危険とされ、よく火を通してから食べることが肝要だ。現在牛の生肝の生食は禁止されているが、それでも闇で食べられており、獣肉を生食することはサナダムシの感染に限らないので、獣肉の生食の怖さをもっと知っておいた方がいい。

サナダムシの幼虫が体内に入ると、先ず消化器（主に小腸）の腸壁に食い付く。しかし、これは食物を食べるための口ではなく、謂わば成長していく体のフックの役割を果たす。サナダムシは口や知覚器官などは全くなく、扁平な形で節を延ばして成長する「多節条虫」と呼ばれている。更にサナダムシは消化器官を持たず体の表面から宿主の栄養分を吸収する。そして、その一節一節が個体であって生殖器官だけを持っている。それが十メートル近く人の腸内で延びるのだから恐ろしくなる。だが、そこよくしたもので、宿主を殺せば自分の命も危うくなるので、宿主と上手く共生している。

随分と昔の話だが東京工業大学の教授で、自分の腸内に二条のサナダムシを養っていた方がおられた。しかも、サナダムシに各々名前を付けて飼っておられたのである。大学における研究らしいが、ここまで来れば我々素人には、遊びか研究か区別がつかなくなってくる。

近年花粉症やアレルギー症などの患者が増加し、その防御のためのマスク、メガネ、薬品などが薬局やコンビニでよく売れている。我々が子供の頃はアレルギー症なんて聞いた覚えがない。一説には、人間の住環境が余りにも綺麗になりすぎて、人体にアレルゲン（アレルギーの原因となる物質）に耐性がなくなったとする研究者もいる。ある意味、私も納得するが、それより、我々の回りを見渡せば、人体に危険な物質が余りにも多すぎるように思える。それは石油製品然り、塗料、建材、薬品、ある種のコスメティック、ガス類など多種多様である。要は我々の周囲に危険物質が多くなりすぎたのだ。

この話は少し怪しいが、最近の人々のお腹には回虫など寄生虫がいなくなったので、異物に敏感に反応するようになったと言う説だ。寄生虫館にはそのような解説はなかったので、私は、これはただの素人考えであると思うのだが、心の何処かの角では成る程と思ってしまう節がある。

確か四～五年ほど前に寄生虫館はリニューアルオープンした。丁度その時は、千葉県松戸市にいる親友の家に泊まりがけで行ったのだが、いい歳をしてわざわざスカイツリーの見学のために面倒をかけた。その帰りに再度寄生虫館に立ち寄ったのだが、建物や展示物はそれ程変わってはいなかった。ただ、鯨類の腸に寄生する鈎虫の展示品があったのだが、腸壁にまるで羽毛が生えたように、ギッシリと食い付いていたのには驚いた。この時は羽田発の飛行機を予約していて、時間的余裕がなかったので、機会があれば寄生虫についてもっと知りたいので、改めて寄生虫館に行ってみたいと考えている。

晩春のころ

中学生のころ京都府北部の片田舎で過ごした。五月も半ばを過ぎると丹波高地に続く丘陵地で、ゼイゼイとハルゼミが鳴き始める。丘陵地の植生はハルゼミが好むアカマツが主で、ブナ科の植物など落葉樹が若干混生していた。

晩春の季節にアカマツの柔らかい落ち葉の上に寝転べば、爽やかな風がササの葉を撫でて吹き抜けていった。天気に恵まれれば終日そのまま過ごすこともあった。寒くもなく、暑くもなく、生命溢れる新緑に抱かれれば、己は生かされているのだと、自然採集していた縄文の世界に引き戻された。

ハルゼミが鳴くマツ林の山肌には、イワナシが彼方此方に育っていた。イワナシはツツジ科の常緑小低木で、赤味がかった細い枝に、およそ五センチ程の葉をつけて扇状に自生する。春には淡紅色の小さな花をつけ、晩春にかけて直径一センチ程の果実を実らせた。黒いツブ状の糖分をつけた小さな果実で、食べれば甘くて美味だった。

アカマツの林でバタバタと羽音を聞くと、山裾のクリやコナラなど落葉樹にホトトギスが飛来する。ホトトギスは頭と背中が灰色で、翼と羽は黒灰色をしており、胸から腹にかけて白黒の縞模様が広がっている。カッコウ科に属する鳥で、およそ二十五センチ程の体長があり、ホッソリとした体型をしている。

ホトトギスの鳴き声は「テッペンカケタカ」とか「トウキョウトッキョキョカキョク」などと云われ、地方によっていろいろな聞き方がされる。鳴き声だけを聞けば愛すべき野鳥だが、その習性を知れば本当に小憎らしい鳥なのだ。この鳥がなぜ文学や芸術と結びついたのか知らないが、中国の故事に関連づけられたと云う説もあって、実際のところよく分かっていない。

ホトトギスのことを「あの声でトカゲ食らうかホトトギス」と表現する人達もいて、兎に角悪食をする鳥のようだ。新緑の季節に渡りをするのは、昆虫やその幼虫などで子育てをするためだ。昆虫もこの時期柔らかい植物の葉をエサにして大量に発生する。親鳥も昆虫など動物性のエサが主だが、この他にトカゲやカエルなども捕食する。実際にトカゲを食べている姿を見たことはないが、彼らの習性から判断すれば納得できる。これは聞いた話だが「空からヘビが降ってきた」と云うのもあった。ホトトギスではなく多分トビかタカなどが落としたのだろうが、彼らの生態からバードウオッチャーの中にはホトトギスを余り好まない人もいるようだ。

ホトトギスは繁殖のために日本にやって来るのだが、彼らは自らは巣作りをしない。自分の巣を持たず「托卵」と云う卑怯な方法で子育てをする。いや、子を育てると云うより、他者に子を育てさせると云った方が正確だ。托卵とはホトトギスがウグイス、ホオジロ、オオヨシキリなどの巣に、自分の卵を勝手に産み付けることだ。従って、托卵された巣の主はホトトギスの仮親となって、ヒナを育てる羽目になる。

その様子をマツ林で寝転びながら観察していたことがあるが、ウグイスが巣を留守にした隙を狙ってアッという間の早業で産卵する。また、ホトトギスのヒナも親と同様に卑劣な行為をする。ホトトギスのヒナは巣の主の卵より僅かに早く孵って、巣の主の卵を全て巣の外に放り出してしまう。ウグイスの巣に托卵した様子をビデオ画像でみたことがあるが、ヒナは背中でウグイスの卵を器用に全て放り出してしまった。ホトトギスのヒナは仮親のウグイスから給餌を受けてスクスクと育っていく。ウグイスは自分より二倍も三倍も大きな子に、愛情一杯に給餌を続ける。その姿はいじらしいと云うより、寧ろ残酷さが感じられた。

ホトトギスは悪意を持って托卵をしている訳ではないが、自分で巣造りができないから仕方がない。托卵によってウグイスなどの繁殖に影響がでていると云う話は聞かないので、これは自然の摂理に任せるしか方法がない。それにしてもオオヨシキリなどは、ホトトギスが近づくと警戒音を発して抵抗するらしく、野鳥の世界では嫌われもののようだ。

四十年以上前に筑波山麓にゴルフに行ったことがある。筑波山は六甲山ほどの高さだが、広大な関東平野の北端にあってなだらかな美しい姿をしている。ここのロッジで宿泊したがカッコウが煩いほど鳴いていた。その時カッコウはホトトギスとどのように棲み分けているのか疑問を持った。多分ホトトギスもいたのだろうが、その声を聞くことができなかった。カッコウはホトトギスより少し大きめの鳥で矢張り托卵をする。一説によれば、彼らは体温の変動が激しいので抱卵しないらしいが、事実かどうか詳しくは分からない。まあ、彼らが皐月の空で美しい声で鳴いてくれるのであれば、托卵も大目にみてやろう。

ご存知だろうがホトトギスの鳴き声は、戦国武将の性格にも例えられている。

鳴かぬなら殺してしまえホトトギス（信長）

鳴かぬなら鳴かせてみようホトトギス（秀吉）

鳴かぬなら鳴くまで待とうホトトギス（家康）

鳴かぬなら飲んで待とうかホトトギス（筆者）

弱いもんが勝ち！

新緑の季節の渓流釣りは本当に気持ちがいい。若い頃母方の叔父と滋賀県の朽木《くつき》村（現高島市）や伊吹山、大阪府の千早赤阪村などへ、渓流釣りによく出かけた。殆どが入漁料（入川料《にゅうせんりょう》）を取られるが、渓谷の奥まで入ってヤマメを狙った。渓流の釣りは磯釣りなどと比べ体力が必要だった。

ヤマメ（山女魚）はサケ科の魚でサクラマスの陸封型だ。ヤマメは北海道から九州にかけて全国的に生息しているが、その多くは降海してサクラマス（降海型）として回遊する。気候の厳しい北海道、東北では降海する率が多いとされている。彼らは渓流などの冷水域を好み、水温摂氏二三〜二四度を超えると死んでしまう。釣りエサは彼らの棲んでいる川の水生昆虫や樹木などに棲む虫が一番いいのだが、渓流釣りは殆ど毛針を使う。渓流釣りが好きな人の中には、この毛針にのめり込む人がいて、マイ毛針に夢中になる人がいる。釣りより毛針が趣味と云うような人までいる。

ヤマメが棲む渓流ではカゲロウ、トビゲラ、ユスリカなどの幼虫や成虫などが彼らの主なエサとなっている。これらのエサはタンパク質など栄養分が乏しいためか、彼らは体長二〇cm程度にしか育たない。ヤマメは体側に青黒い横線が入っていて、全体的に赤味がかった色をしている。非常に警戒心が強い魚で、音をたてたり、太陽を背にして水面に影を落とすと、岩陰などに逃げ込んで出てこない。近畿地方では三月から九月までを漁期としているところが多い。彼らの寿命は二~四年と云うところだ。陸封型と降海型とでは寿命に差が出るようだ。

ヤマメの世界は「強いもんが勝ち!」で、樹木から落ちる昆虫などを狙って、強者から下流に向かって序列をつくる。先頭にいる強いヤマメが、エサを捕食する決定権を握っている。だから、後尾に近いヤマメほどエサを食べる機会が少なくなる。そうなると、弱者のヤマメはエサを求めて海へと下るしか生きる道がなくなってくる。

海は海で弱肉強食の世界だが、渓流と違ってエサが豊富にある。運良く生き残れたイワナは五〇チセンを超える立派なサクラマス(桜鱒)となり、産卵のため生まれ故郷の河川に回帰してくる。あの渓流でエサを食べられなかった弱者のヤマメが、立派なサクラマスとなって回帰してくるのだが、こうなると今度は「弱いもんが勝ち!」である。サクラマスとなったヤマメは、体長は三~四倍、体重は二〇~三〇倍以上の大きさになっている。サクラマスのメスが産卵する際、ペアリングに失敗したヤマメのオスが、己の子孫を残そうと懸命に放精するチャンスを覗う姿には哀れささえ感じる。

琵琶湖などに残留してサクラマスに育つものがあるが、ヤマメとサクラマスの差はどうも捕食するエサの違いによるようだ。広い海洋や湖沼ではエサとなるプランクトンも豊富だし小魚も沢山いる。しかし、どの世界でも弱者が下等と云えないし、ヤマメを例にとるまでもなく、生物の世界は多様性が必要なのだ。それは所詮勝ち負けの問題ではなく、自然との共存の結果と云えるだろう。

サケ（Salmon）とマス（trout）の呼び名だが、日本では割りと細かくしかも系統的に区別している。だが、欧米では比較的簡単でサケかマスかだ。一生の殆どを海で過ごすものをサケと呼び、河川で過ごすものをマスと呼んでいる。日本にはイトウと云うサケ科の淡水魚がいるが、これは一メートルを優に超え、北海道で二メートルを超えるものまで捕獲されている。これに至っては単にイトウと呼んでいて、一生を河川で過ごすがサケともマスとも云わない。現在イトウは北海道の河川にしか生息していないが、サケ科の魚としては成長が非常に遅く長生をする。エサも完全な肉食性で、河川に棲む小魚を補食して食べる。また、北海道でカラフトマスが捕れるが、海を回遊するサケ科の魚で、スーパーなどの「サケ缶」は殆どがこの種の魚だ。サケ缶でもベニザケ（陸封型はヒメマス）の切り身の缶詰となると高価で、年金生活者としてはささやかな願いだが一缶丸ごと食べてみたい。ベニザケはサケの中でも非常に美味な魚だ。

何れにしてもサケもマスもサケ科の魚で、背ビレと尾ビレの間に脂ビレを持っているのが特徴だ。もともとサケは北半球の回遊性の魚で、南半球にはいなかった。過去にニュージーランドなどで、イトウを放流したことがあったようだが失敗に終わっている。エサの問題か気象の問題か分からないが、原因不明で南半球の自然ではサケは育たないらしい。我が国では南米チリからサーモンを大量に輸入しているが、全て養殖によって育てられたものだ。この養殖技術を伝えたのは日本の漁業技術者で、チリは今やサーモンの輸出大国になっている。養殖魚の種類は不明だがキングサーモン、カラフトマス、ベニザケ、ギンザケ、アトランティックサーモン、サクラマス、ニジマスのいずれかだ。

サケ科の魚を分類するとき、これは水産学か海洋生物学かを真剣に勉強する必要がある。本を読めば読むほど訳が分からなくなってくる。ヤマメの棲む渓流域には魚体のよく似たアマゴも棲んでいて、アマゴは陸封型で降海型はサツキマス（皐月鱒）と呼ぶ。また、ヤマメとアマゴの交雑種がいるので、益々見分けがつかなくなってくる。ヤマメとアマゴを一目で見分けられる人は、恐らく渓流好きの人か水産学などを学んだ人だ。そこにイワナでも混ざれば益々訳が分からなくなってくる。確か、E・ヘミングウェイの短編小説に「鱒」がある。これは単にマス（trout）であって、何マスの陸封型とか小難しいことは書いてはいない。

たかがサケだがされどサケだ。サケでもマスでも食べれば魚だが、そこは魚食民族、自分の食べている魚の名前くらいは知っておきたい。

テッチリの味

寒い冬の酒好きにはなんと言ってもフグ鍋だ。寒い季節のフグ鍋は、少々値は張るが熱燗の肴には絶品だ。だが、フグにはテトロドトキシンと云う猛毒があり、素人が料理して食べれば間違いなく死に至る。フグ鍋など食に供されるフグは、およそ二十種類くらいとされる。これだけ多種類のフグが食べられておれば、刺身にされると素人にはどの種類のフグだか見当がつかない。

フグで一番美味しいのはトラフグだ。実際にフグ二十種類全てを食べ比べた訳ではないが納得できる。関西ではフグ鍋のことをテッチリと呼んでいる。これはフグを食べると、時には鉄砲弾のように当たることがあったからだ。白身魚の鍋物を「ちり鍋」と呼ぶが、当たるちり鍋だから「鉄ちり」だ。フグの刺身はテッサだが、これも同様「鉄刺し」からきている。今はその道の職人がフグを捌くので当たることはない。

以前、ある有名な歌舞伎役者が、テッチリを食べて命を落としたことがある。あれは食が禁止されていたフグの肝を食べたからだとされている。所謂食通は、その道の通《つう》になるほど危険なものに手を出したがるようだ。料亭などでは地方公共団体の条例などで、客にフグの肝を出してはいけないことになっている。だが、料亭などは馴染みの客に頼まれれば断れ切れないのだろう。私自身ある料理屋でサイコロ状の小さな肝を食べたことはあるが、命をかけてまで食べる程のものとは思わなかった。

日本では縄文時代の昔からフグを食べていたようだ。縄文人の住居跡から家族五人ほどが中毒死した跡が発見されている。常食にしていたとは思われないが、なぜフグの中毒死と分かったの定かでない。食事の跡からフグの骨でも発見されたのだろう。

戦国時代豊臣秀吉は、家臣達のフグ中毒死が相次いだので、フグ食禁止令を出したそうだ。この頃には既にフグには猛毒があると分かっていたようだが、フグのどの部位が有毒なのか詳しくは分かっていなかったようだ。

古典落語に「らくだ」と云う話がある。ならず者がフグを食って中毒死する話だ。ならず者の友人がその遺体を担いで、「カンカン能」を踊らせ、渋ちんの大家に酒や肴を強請《ゆす》る筋書きだ。話芸としては難しくて、気味の悪い内容だが、そこは話術次第で面白く聞ける落し話だ。この話の時代背景である江戸後期も、庶民の間ではフグが重宝がられていた。

「河豚は食いたし命はおしし」と云う言葉がある。日本人が命をかけてまで、フグを食べてきたのにはそれなりの理由がある。フグの魚体には毒もあるが、今流行りのサプリメントのコラーゲンが多量に含まれている。フグ鍋にするとフグの肉や骨などから、コラーゲンが出汁に溶け出して美味しくなる。コラーゲン（ゼラチンもその一種）と云えば、人間の皮膚、筋、骨などに効能があると聞いていたが、食の味にまで影響を及ぼすようだ。

フグの中で一番美味しいとされるトラフグは、魚体の側面に大きな丸い文様がある。このフグは味もいいが値も高い。難波の黒門市場に行くと、驚くような値がついている。フグの毒は、トラフグを例にとればオスの精巣（白子）を除いて内臓全てに毒があり、特に肝臓やメスの卵巣は猛毒だ。ただし、オスの白子は無毒とされ、これは絶品だ。焼いた白子は熱燗のアテにぴったしだ。だが、白子が無毒で卵巣が猛毒とは、フグ好きの男子として納得がいかない。

変なことで怒っても仕方がないのだが、魚類でも女性は男性より恐ろしいと云うことだろうか。

意外だがフグの眼球にも毒があって、タイのかぶと煮のように眼球を食べればあの世行きだ。トラフグの皮は湯引きにすると、これまたコリコリと歯応えがよくて絶品だ。だが、フグの種類によっては皮が有毒なものがあるので、素人は絶対に調理しないことだ。フグを捌くには都道府県知事のフグ調理の免許が必要だ。

一般的なフグ料理の食べ方だが、先ずテッサを食べ、熱いヒレ酒の香を楽しむ。白子があれば少し高いが軽く焼いてもらう。そしてテッチリの煮えが上がれば、それをつつく。もうここまで来れば文句はない。テッチリの出汁は基本的に昆布だしで、余計なものは一切入れない。コンブの成分グルタミン酸とフグのイノシン酸で絶妙の味になる。鍋に入れる野菜なども白菜と豆腐くらいだ。香りがきついクセのある具材は絶対に入れてはならない。

テッチリを食べた後の雑炊がこれまた絶品なのだ。御飯を湯で洗ってヌメリを取り、サラッとした雑炊に仕上げる。タマゴもやたら掻き回さずサラリと雑炊に入れる。だが、人の箸が入るのが嫌であれば、個別の鍋で食べるしかない。

石川県のある地方では、あの恐ろしいフグの卵巣（魚卵）を、無毒化して商品として売っている。その無毒化の方法だが、フグの卵巣を先ず一年間塩漬けにする。それを今度は米糠や米麹など混ぜたものに二年以上つけ込む。その間は魚醤を注いだりするだけで、特に手を加えたりはしない。合計三年程でフグの卵巣から毒が抜けるようだ。これを全国的に売り出そうとしても、厚生労働省がそれに難色を示す。やむなく業者が協同組合をつくって、その品質管理をしている。あの恐ろしいフグの卵巣がなぜ無毒になるのか、科学的に解明されていないからだ。しかし、テレビで子供が美味しそうに、フグの魚卵でお茶漬けをしている姿を見せられれば、これは無毒を信じるしかない。

フグの毒は毒蛇のように体内では産生しないらしく、フグが成長していく過程で体内に毒を溜め込んでいくようだ。海洋には有毒なプランクトン、小動物が数多く生息している。フグはそれらをエサにすることによって毒素を蓄えていくのだ。難しく云えばフグが食物連鎖の課程で、毒素を体内に蓄積するのだ。

これを証明したのが長崎大学の研究者で、トラフグの稚魚を陸上に造った水槽に放ち、人工の固形飼料をエサに養殖をした。大学研究室の「フグ毒の食物連鎖の外因性由来の研究」だそうだ。そして成魚になったのを調理して、研究者達は大学内で試食会を開いた。流石に初めのうちは手をつけるものがいなかった。しかし、研究者達が美味そうにテッサやフグの肝を食べているのを見て、出席者達も手を出し始めた。勿論、中毒者は出なかったが、試食者によればアンキモ（鮟鱇の肝）やフォアグラよりも美味しかったそうだ。これも厚生労働省は、食品として公に認めてはいない。未だ研究段階と云うところだ。

日本人は縄文の昔から命をかけてフグを食べてきた。云ってみれば米食う魚食民族だ。先人達が苦労して海や川の魚類、貝、藻などあらゆるものを利用してきた。フグに至っては日本人以外は食用にしない。山が多く海に囲まれ、狭くて災害の多い島国だが、自然の恩恵を大いに享受している。私達は水や川を、延いては海に感謝して大切に護らなければならない。海を汚せば日本の国は成り立たない。テッチリはその片隅で少し遠慮勝ちに楽しませて頂いている。

ソバの味

晩秋は新ソバの季節だ。ソバ好きにはたまらない季節なのだ。ソバはタデ科の植物で痩せた土地でも育つので救荒植物と云われることがある。記憶が定かでないが、ある国立大学に勤めていた頃、確か広辞苑の初版本らしきものが古い書庫から出てきた。その辞典でタデ科の記述を調べたことがある。それにはソバを除いて、タデ科植物はおよそ「使い道のない雑草」と書かれていた。その時、この記述に少々疑問を持った。勿論現在はそのような記述はなく、正しく解説されている。

池波正太郎によればソバには日本酒が一番らしい。香りのいい新ソバを肴に、少し温めの燗酒は絶品だ。二十年ほど前になるが、秋の信州戸隠高原に行ったことがある。ここは戸隠ソバで有名なところで戸隠神社にお詣りした後、バス停近くのソバ屋に入った。戸隠からの湧き水で洗うと云う笊ソバを注文した。この辺りでボッチ盛りといって、一口大に綺麗にザルに並べてあった。これを肴に地酒を飲んだが、今でも忘れられない味だった。

ソバの三大名所として、島根の出雲ソバ、長野の戸隠ソバ、岩手のわんこソバがあげられる。日本人の三大名所好きに乗せられて、何れのソバも食べてみたが、新蕎麦が採れるシーズンに食べたので、不味いはずがなかった。

ただ、岩手のわんこソバだけは性に合わなかった。どんなソバかと店に入ったが、座敷テーブルの前に座らされ、紙の前垂れを掛けさせられる。すると、横からお姉さんが椀にソバを流し込んでくれる。椀が空になれば素早くソバが流し込まれる。満腹になっても素早く椀の蓋を閉めないと、いくらでもソバが入れられる。テーブルにはマグロの刺身やキノコの佃煮など、美味そうなのが並べられており、ソバをユックリ食べて熱燗で一杯やりたかった。あれはソバのゲーム感覚の食べ方だ。何杯食べようと勝手にしてくれと云いたくなった。

ソバの栽培は初秋の信州で見たことがあるが、ソバの花は大きく分けて白系と赤系の二つがあるようだ。味を比べた訳ではないが、どのソバの粉も同じような味だ。その筋の専門家が食べれば、味に違いがあるのかも知れないが、ソバが美味ければそれでよい。ソバの実はコメ粒大で、正四面体を膨らませたような形をしている。ソバ屋の入り口で石臼で粉にしているのを良く見かける。そば粉はソバの実の全粒粉と、ソバの実の中心部を粉にした白いソバ粉の二種類あるようだ。別にソバ粉に拘りはないので、ソバであればなんでも結構だ。ただ、ソバにはアレルギーを起こす物質があり、体質によっては希にはアナフィラキシー状態に陥ることがあるので注意が必要だ。

ソバはコメやムギなどに比べて穀物と云わないらしい。詳しくは知らないが、イネ科植物以外の種子は疑似穀物と呼ぶそうだ。まぁ、そんな難しいことは知らなくていいが、南米ではヒユ科のアマランサス、アカザ科のキヌアの実が食されている。キヌアはアンデス山脈の高地で栽培されているが、ホウレンソウやビートと同種の植物だ。草丈一～二mくらいに育ち、大きな化け物のような穂をつけて実る。

ソバは種をまいておよそ三ヶ月弱で収穫が出来る。戸隠のような高地で寒くて雪の多い土地は、ソバの栽培にはもってこいの場所だ。ソバはカロリーが高く、しかも、消化がよくて血圧を下げる効果もあるようだ。ただ、日本では需要に栽培が追いつけず、殆どお隣の中国産だ。あのコンニャク芋も中国産が多く、コンニャクを食すのは日本民族だけらしいが、それにしても、中国はなんでも産するところだ。まさに「なんでもご要望にお応えします」の国だ。

中国は習近平総書記が一帯一路政策を打ち出しているが、これは現代版シルクロードだ。既に道路はに中国西部を通り、中央アジア経由してヨーロッパに迫っている。場所は不明だが巨大な中国物産のマーケットを築いており、西はスペイン、ポルトガル辺りから二千キロの長距離を車で商品を買い付けに来ている。今やメイド・イン・ジャパンより、メイド・イン・チャイナだ。それだけ品物が豊富で安くて、品質がいいらしいのだ。

昨年大英博物館で北斎展が開催され非常に好評だった。今は場所を変えてアベノハルカスで開催されている。北斎が好んだ「ホクサイブルー」は実はソバと同種のアイで醸し出される。しかも、アイはタデ科イヌタデ属だ。秋に赤い穂をつけるイヌタデは、イヌ畜生のイヌをタデに冠したものだ。イヌタデを一輪挿しにすれば風情があるではないか。うーん、タデ科植物万歳だ。

魚が食べられなくなる

日本の沿岸海域で、最近イカが捕れなくなった。昨年十二月に生のイカを買いにスーパーに行ったが、生も冷凍物もなかった。このようなことは今までになかった現象だ。物流業者が冷凍庫にイカを隠しているのではないかと疑った。その後およそ半年を過ぎたが、矢張りイカの品薄状態が続いている。北海道函館港などではスルメイカが不漁で、水産加工業に支障がでているようだ。

漁師や水産学研究者でないので確かなことは云えないが、地球温暖化の影響とか、太平洋沿岸の潮の流れが変わったとか、或いは中国などの大型漁船が大量に獲るようになったとか諸説あるようだが、要はイカの獲りすぎではないかと思っている。近い将来あの有人宇宙ステーションから、日本海に明々と輝くイカ釣り船が見られない日が来るのではないだろうか。

あの北海道のニシンがいい例だ。農林水産省などの古い統計によると、北海道では一八九〇年代から一九一〇年代（明治末期~大正期）にかけて、毎年ニシンがおよそ一〇〇万トン獲れていた。それが一九五五年（昭和三〇年）には五万トンに激減した。最盛期の五％の漁獲量に落ち込んでいる。これは明らかにニシンの獲りすぎだ。北海道日本海側の網元は「やん衆」と呼ばれる雇いの漁師を使ってニシンを大量に獲った。人間の食用にしたのならいざ知らず、堆肥にするために獲ったと云うから乱獲もいいところだ。

北海道に行ったとき「鰊御殿」と呼ばれる建物などを見学したことがある。一棟を見ただけの個人的な感想だが、鰊御殿は瓦葺きの大きな平屋建てで、建材などは黒檀など高価なものを使っていたようだった。建物の中には網元と漁師などが寝起きしていたとされるが、実際は漁師達は別棟で生活していた。網元は、ここを拠点に昼夜の区別なくニシンを獲ったのだから、資源が枯渇するのも無理はない。

あの秋の味であるサンマは既に「高級魚」になりかけている。最近では中国、台湾、韓国の漁船が、所謂日本の排他的経済水域近くに来て漁をしており、水産資源の奪い合いの状態だ。呑気に「サンマ苦いか塩っぱいか」なんて、吟じている訳にはいかないようだ。また、太田道灌(註)が「サンマは目黒に限る」と云った逸話が残されているが、これは落語の世界の話だ。これら詩にしても落語にしても、昔からサンマが日本人の身近にあったからなのだ。

秋田県などでは日本海沿岸で獲れていたハタハタも、全く不漁になったことがある。体長二〇㎝くらいの魚だが晩秋から冬場にかけて、荒れる日本海が主な漁場だ。冬場に産卵のために沿岸に近づいてくるのだが、これを根こそぎ獲ってしまったのだ。ハタハタ（鰰）は漢字で魚偏に神と書く。テレビのニュースで、漁師達が神の魚が獲れないと正月が来ないと嘆いて姿を思いだす。

ハタハタは通常海面下五〇〇メートル辺りに棲息する深海性の魚だが、冬の産卵期に日本海沿岸の藻場に産卵に集まる。漁師達はそこに待ち構えていて、一網打尽にする漁法だった。これではハタハタの生命の連鎖が途絶えてしまう。そこで三年間ほど禁漁にしたところ、漸く漁が回復してきたようだが、最盛期の漁獲高には戻っていない。

このほかイカナゴ（如何子）のシンコ（新子）やホタルイカも、以前に比べて市場価格が高騰している。イカナゴのクギニ（釘煮）は早春の風物詩として、どこどこの家庭では何キログラム煮たとか、地域社会のニュースにもなっていた。関西では播州灘や淡路島周辺の砂泥地が多い海域が主な漁場だ。これも多い年は四万トン近くの漁獲高があったが、現在はその四分の一である一万トン辺りを推移している。

イカナゴは関西ではよく知られているが、関東では馴染みが薄いらしい。この魚は地方で色々の呼び名があって、関東ではコウナゴ（小女子）が通り名となっている。その他カマスゴ（カマス子）、カナギ（金釘）、フルセ（古背）、メロウド（女郎人）など多様な呼び名がある。なぜか女性に縁のあるような名もあるが、深くは知らない。

イカナゴはイワシと並んで海洋の食物連鎖の一端を担っている重要な魚である。イカナゴの成魚は店頭では見たことがないが、成長すれば二〇cmくらいになる。ドジョウほどに成長したのを茹でて売っていることがあるが、これをそのままショウガ醤油で食べれば非常に美味だし、焼いて食べても脂がのっていて旨い。多分フルセと呼ばれるものだが、見た目が悪いので気色悪いと云う人が多いようだ。

また、ホタルイカは意外にも兵庫県産（日本海側）が一番多く、富山県産は第二位に甘んじている。実はこれには漁法上のカラクリがあるからで、富山県は卵をもったメスのホタルイカだけを獲っているからだ。兵庫県では巻き網などで、海中を浚うようにホタルイカを獲っているので漁獲量が多い。

富山湾は沿岸から切れ込むように深海となっていて、ホタルイカはこの深い海から産卵のため早春に沿岸部に浮上してくる。富山県産は、それを狙って網を入れるから、メスのホタルイカが多いのだ。ホタルイカは生の刺身にしても美味しいが、ボイルしたものを酢味噌などで食べれば絶品だ。ただ、食べる前にあの目玉を取っておけば、歯に挟まらず、口当たりも良く、美味しく食べられる。

日本の漁業もこのように列挙してみれば先行きは本当に暗い。現在日本の漁業で高収入を得られるのは、極一部の限られた漁師だけだ。それは漁師の後継者不足を見ればよく分かることだ。また、消費者もタイ、サケ、ブリ、ヒラメなどに比べて、小魚を余り重要視していないように思える。魚食文化からすれば、イカナゴやハタハタなどが不漁であっても、タイ、サケ、ブリなど高級な魚があれば困ることはない。だが、イカナゴにしてもホタルイカにしても、季節性があって捨てがたい魚だ。これらの小魚を絶滅に追い込んで、日本の風物詩から消えることは実に寂しい気がしてくる。

漁業は網を入れれば大漁と云うのは昔の夢物語だ。漁業従事者は漁期を厳密に守ってニシンのように乱獲しないことだ。出来れば漁群探知機で、魚を海から浚うような漁法を止めてはどうかと思う。かってのように漁労長の眼と経験によって、漁業をすべきではないかと思われる。それでは漁業が成り立たないと云われれば返す言葉はない。

（註）殿様名は落語の演者によって異なる。

バナナが食べられなくなる

スーパーなどで販売されている生食用バナナは、殆どがキャベンディッシュと呼ばれる品種である。バナナは約三千種ほどあるが、生食に供されるバナナは、主にキャベンディッシュかラカタンと呼ばれる種類だ。キャベンディッシュは甘くて香りが良く、ミネラル分も多く普通サイズのバナナでも、およそ六枚切りパン一枚ほどのカロリーだ。また、ラカタンはクエン酸を含んでいて少し酸味があるが、欧米などで多く消費されているようだ。酸味があるので「スポーツバナナ」として輸入されており、後味がいいので何れスーパーなどでメジャーになるかもしれない。

戦前バナナと云えば高級果物で、一般の家庭で手軽に食べられるものではなかった。ところが、今やスーパーを覗けば「叩き売り」のような安価な値段で買える。アメリカの多国籍企業などが、バナナの品種改良や栽培に投資し、バナナの供給量が増えたためだ。キャベンディッシュは生食用バナナとして、世界でおよそ需要の五〇%を占めている。バナナほど需要と供給の差によって値段が変化した果物はない。これはバナナが持っている宿命のような身の上があるからだ。

また、叩き売りの語源は「バナナの叩き売り」から来ている。随分前の話だがJR門司港駅に観光で降りたことがある。その時駅舎に山のようにバナナの箱詰めが置いてあった。なぜ門司港駅にバナナがと不審に思ったのだが、戦後間もなくは台湾からの輸入量が多く、船便で門司港に陸揚げされていたからだ。そのため、門司港はバナナの主たる輸入港であったため、「バナナ叩き売り発祥の地」と称している。現在日本で消費されるバナナの九〇%近くが、フィリピンから輸入されている。

そのバナナに今危機が迫っている。それは新パナマ病と呼ばれるウイルス性の病気が、バナナ園に広まるのではないかと危惧されているからだ。元々キャベンディッシュが生まれたきっかけは、パナマ病が蔓延したことによるものだ。

一九〇〇年代の初め頃「グロス・ミシェル」と云う美味なバナナ開発され、ラテンアメリカなどで大量に生産された。このバナナは非常によく売れたので、バナナ成金が出たほどだ。ところが、同年代の中期頃パナマ病が蔓延してバナナの樹の髄が腐り始めた。ウイル性の病気で土壌を介して感染するため、一転してバナナ園が壊滅状態に陥った。このパナマ病に強いバナナとして開発されたのが、キャベディッシュなのだ。だが、新パナマ病はこのキャベンディッシュの樹に発生して、既にフィリピンのバナナ園に広がり始めているようだ。

バナナは熱帯アジアのマレーシアやパプアニューギニア辺りが原産地とされている。バナナの原種は種だらけで、まるでアケビの実のように、黒い種子がいっぱい詰まっている。現在食している生食用バナナには全く種子がないが、これは人間が改良して種なしにしたからだ。生食用バナナの主な生産地はラテンアメリカ、フィリピンなど南アジア、中央アフリカなどである。

実はバナナを種なしにしたことが、病気に対して抵抗力を弱くした大きな理由の一つなのだ。植物が果実（実）をつけるのは、自ら種子を散布するためだ。動物に果実を食べてもらい、種子を広範囲に蒔いてもらって、その植生の範囲を拡大するためだ。ところが、生食用バナナのように種子がなくなると、株分けによって増殖するしかない。要するに数多くのクローンが生まれるのだ。そうなると、植物に「個性」がなくなって、病気が発生すると瞬く間に感染が拡大してしまう。生食用バナナにはこの繰り返しの歴史があったのだ。

生物の多様性という言葉がある。これは生態系の多様性、種の多様性、遺伝的多様性のことを云う。単一の生態系であれば、例えば気象的な異変が起これば絶滅するかも知れない。生態系に多様性があればどれかが生き残れる可能性がある。また、交雑することによって優れた種類が生まれることだってある。

動物で云えばラバがそうで、牡馬と牝のロバをかけ合わせたものがラバだ。

ラバは牡馬の頑丈な躰と、ロバのおとなしくて粘り強い性質を受け継ぐ。これは人間にとって有り難いことだが、ラバにはウマとロバの染色体の違いで子孫が残せない運命が待っている。だが、動物であれ植物であれ、人間の都合の良いように遺伝子を操作しておれば、やがて手痛いしっぺ返しが来るかも知れない。

III

飛行機が飛んだ

二〇一七年十一月十一日晩秋の大空に遂に日本製のジェット機が飛んだ。三菱リージョナル・ジェット（MRJ）と呼ばれる、ターボファンエンジン（噴射型ガスエンジン）搭載の双発小型ジェット機だ。航続キロ凡そ三千七百㎞で、九十六人の最大座席数を持つ流線型のジェット旅客機である。このジェットの売りは燃料効率がいいことであるが、日本にとっては悲願の出来ごとでもあったのだ。テレビ中継では老いも若きもこの日を喜んでいた。

日本の航空機産業は敗戦の年GHQによって完膚なきまでに打ちのめされた。それでも戦後有能な人材がいたので、米軍機の修理などを手がけていたが、二十五年後には国産の双発プロペラ機YS－一一を生産した。この飛行機はターボプロップエンジン（ガスエンジン）を搭載し、それでプロペラを回転させ推進力を得ていた。レシプロエンジン（航空用内燃機関）に比べて騒音も少なく、航続距離は二千二百㎞あった。

だが、YS機は座席数が少なかったので、乗客の移動手段として効率が悪く、国外で売れなかった。また、各国にサービス拠点が少なく、故障しても直ぐに修理が行き届かなかったのもその原因の一つだった。そのような事情もあって、ＹＳ機の生産を中止せざるを得なかった。従って、この度のＭＲＪの飛行は、四十年来の官民挙げての喜びでもあった。しかし、純国産といってもエンジンはアメリカ製だし、およそ七〇パーセントの部品は外国製品だ。ＹＳ機の二の舞にならないで欲しい。ブラジルのエンブラエルやカナダのボンバルディアなどもエンジン効率を上げてきている。

そもそも、航空機と呼ばれるものはアメリカのライト兄弟が一九〇三年に有人動力飛行に成功したことに始まる。彼らは自転車修理業を営んでいたのだが、始めて動力機を搭載して人間が操縦して空中を飛んだ。ライトフライヤーと呼ばれ、双翼でガソリンエンジンでプロペラを回転させて推進した。写真などで良く見る飛行機だが、これでよく飛べたものだと感心する。全長六メートル四〇センチ、翼の長さ十二メートル三〇センチの今にも潰れそうな飛行機だが、最長二六〇メートル空中を飛行した。二十世紀の初頭は陸には岡蒸気が走り、海には蒸気船が航行していた時代である。人類は古来より鳥のように大空を飛ぶことを願望していた。それが僅かな距離ではあったが人類の夢が実現したのだ。

航空機は、人間が発明した物の中で、短期間でこれ程発達したものはないと言われている。僅か百年足らずの間にコンコルドなど、音速の二倍である「マッハ２」を超えるジェット旅客機まで現れた。英仏共作のコンコルドが旅客飛行を始めたのは一九七〇年代であるが、騒音が激しく、燃料の割りに搭乗人員（約百名）が少なかった。そのため原因不明の事故を期に、安全性、採算性、公害問題などの観点から売り上げが伸びず、生産中止に追い込まれた。だが、世界の航空業界がコンコルドの納入を取り消した事で、裁判沙汰となり紛糾した。

その後ジャンボジェット旅客機など機体の大型化が進み、五〇〇人を超える搭乗人員を、安心・安全に輸送することになる。しかし、これも燃料効率が悪く、長い滑走路を必要としたため、やがて航空機は中型の燃費の良いジェット機へと移り変わっていく。現在、欧州のエアバス社やアメリカのボーイング社は再度大量輸送機の生産を計画しているが、ＭＲＪは中型機として安全性を重視し、日本の航空機産業を再興させてほしい。

飛行機に搭乗するとき何時も不思議に思うのだが、どうしてこのような大きな金属の塊が大空を飛べるのかと言うことだ。乗員・乗客、それに多くの荷物や燃料を搭載して離着陸するのだ。機体の重量を合わせれば相当な重量となっているはずだ。それがあの左右の二枚の翼で苦もなく浮き上がるのだ。

それを簡単に説明すればこうである。主翼を切断してみれば大きな「への字型」をしている。進行方向の先端部は丸くて厚いが、後方へ行くほど流線を描いて薄くなっている。これに先端部から空気が当たれば、空気の流れが上部は速く下部は遅くなる。この翼の上下の空気の速度の差が、機体を上昇させる揚力を生むのだ。その理屈は、翼の上部は下部に比べて空気の流れが速いので、気圧が低くなる。その上部と下部の気圧の差が機体を持ち上げる揚力となるからだ。また、翼の後方のにはフラップと呼ばれる出し入れ可能な稼働翼が付いている。これを調整して離着陸の際など低速のとき、翼の面積を増やして揚力を増し失速を防いでいる。飛行機が空を飛ぶ理屈は分かっているのだが、それでも、何故あのような無機質の塊が空中に浮くのか、不思議で仕方がないのだ。

また、航空機を語る上で見逃せないのが軍用機である。軍用機は軍需産業中の重要な一角を占めており、この分野は裾野が広い産業であるため、その国の工業の技術力を上昇させる働きがある。太平洋戦争において零戦の活躍は日本人であれば知らない者は少ない。つまり、零式戦闘機とは、皇紀二六〇〇年に生産されたため、この名が付けられた。零戦の功罪を差し置いて言えば、日本の戦前、戦後の航空機産業において、これ程有名で飛行能力の優れた飛行機はなかったと言って良い。

零戦は日本海軍の艦上戦闘機のことであるが、より速く飛び、上昇能力に優れ、操縦桿に順応であり、戦闘機としては飛行距離も長かった。飛行能力を上げるため、機体を軽くすることが求められるが、そのためにアルミ合金が用いられた。そのアルミ合金がただの合金ではなく、超々ジュラルミンという一九三六年に日本の住友金属が開発したものだった。この超々ジュラルミンは、アルミ（Al）と亜鉛（Zn）の合金で、「軽くて丈夫である」と言う特性を持っていた。

元々ジュラルミンは一九〇三年にドイツのデュレンで、アルミ（Al）と銅（Cu）の合金としてつくられたもので、デュレンとアルミニュムの合成語である。日本海軍は、この超々ジュラルミンの軽くて強い特性を活かすため、機体の骨格に空洞を設け更に軽量化を計った。こうなると、幾ら強い合金と言えど限度を超え、空中戦などで機体に強い負荷が掛かると、空中分解を起こすようになってきた。その上、機体の軽量化のために操縦士の防弾装置も省略し、操縦士の「消耗」も激しくなった。操縦士養成の期間を短縮した為、操縦技術も未熟で、アメリカのグラマン社製のベルキャット戦闘機に太刀打ち出来なくなった。制空権を奪われた上に、戦艦大和や武蔵など巨艦巨砲を重視した日本海軍だが、この辺りから日本は敗戦に向かって行くのである。

終戦を迎え、日本の航空機産業は破綻をするのだが、技術者の中には密かに設計図面などを隠し持っていたので、再び息を吹き返すのが速かった。その技術の伝統が伏線となって、YS機やMRJ機の開発に繋がるのだが、航空機産業はそう簡単に起業出来るものではないのだ。航空機は沖縄米軍のオスプレイ（猛禽類ミサゴの意）の例を見ても分かるが、新型機を導入すれば必ず不都合な事故が付きまとう。MRJもこれから種々の訓練飛行を経て、旅客機に導入されることになるが、是非大きな事故のないよう無事に大空を飛んで欲しいものだ。

日本の美

奈良の斑鳩の里にある法隆寺は、飛鳥時代に建立された世界最古の木造建築である。法隆寺に近い大和小泉町に、父方の叔父が住んでいたので、今までに幾度となく法隆寺を訪れているが、その度に寺院の佇まいに深い感銘を覚える。この寺院は用明天皇が発願し、推古天皇と聖徳太子が西暦六〇七年に建立したとされる。法隆寺の本尊は金堂内陣の中の間の釈迦三尊、東の間の薬師如来、西の間の阿弥陀三尊とされている。

法隆寺の回廊の木造の柱は中太りになっているが、これはエンタシス呼ばれる建築様式で、古代ギリシャやローマなどの建築にその様式がうかがえる。この事実は大変驚くべきことで、西洋の建築様式が千四百年もの遠い昔に、この東洋の果てまで伝播していたのだ。

また、同寺院ご所有する百済観音はクスノキの一木造《いちぼくつく》りで、身の丈約二一〇㎝という流れるような細身の仏像だ。この像は一時虚空蔵菩薩ではないかとされたが、同寺院で宝冠が発見され百済観音菩薩とされた。この像の「百済」の冠名は、この像に関する記述資料が発見されたとき、「百済人作」とされていたためその名がついた。これら建築物を含めて何れも国宝・重要文化財となっている。

百済観音は外国でも人気があって、大英博物館にはそのレプリカ（クローン仏）を保有している話を聞いたことがある。また、フランス第二二代大統領ジャック・シラク氏は東洋美術に非常に造詣が深く、東洋美術品のコレクターでもある。来日したシラク氏は、百済観音を直接拝観して感動し、二十年前にルーブル美術館で同像の展示会を開催するよう当局に働きかけ、実現させている。これを観たパリジャン・パリジェンヌはtrés bienと感激した。

東洋の島国である我が国は、仏教美術を主とした多数の文化財を所蔵している。特に平安京や平城京が置かれた京都府と奈良県には、その数が多く、また、近代日本の首都となった東京都も同様に多くの文化財を保有している。

数年前奈良興福寺の阿修羅像や京都高山寺の鳥獣人物戯画などの展示会が開催されたが、何れも歴史好きと思われるファンで大入り満員だった。特に京都国立博物館で開催された鳥獣人物戯画展は、三時間近く待たないと入館できない状態だった。

だが、これら日本の文化財は、先の大戦により消失の危機に晒されていた。戦勝国の一つであるアメリカは、日本本土に爆撃機B二九により雨あられと焼夷弾を振りまいた。しかし、京都や奈良にあった文化財には、その被害が及ばなかった。また、東京にあった文化財についても、およそ六割以上が戦火の被害から免れたと言われている。これは先日テレビでも放映していたが、アメリカの美術史研究家ラングドン・ウォーナー（Langdon Warner）の功績が大きかったとされている。

実際、国家公務員として勤務していた頃、職員の研修会でL・ウォーナーについて講演を聞いたことがある。それによると、L・ウォーナーは特に日本美術に大きな関心があって、建築、美術品などを克明に調査していた。アメリカが日本本土を空爆するさい、空軍はこのL・ウォーナーのリストによって、焼夷弾の投下場所を決定したとされている。彼の著書に「不滅の日本美術」という本があるが、それくらい彼は日本美術に肩入れをしていたようだ。

しかし、L・ウォーナーの功績説には異論があって、たまたまアメリカ空軍が、京都市をジュウタン爆撃をしなかっただけだとされ、奈良市についても東大寺に近いJR奈良駅は空襲にあって丸焼けとなっている。また、東京都についても浅草・浅草寺辺りは丸焼けになって大きな被害を受けており、上野公園の東京国立博物館もその近くまで戦火が及んでいる。

世界の戦争の歴史を見ると、戦勝国は賠償金（戦利品）などと称して、敗戦国からその国の美術品などを強奪していった。太平洋戦時についても勿論そのことが取り沙汰されたようだ。しかし、それを食い止めたのはアメリカであったとされ、連合軍最高司令官ダグラス・マッカーサーが、戦勝国が日本の文化財を略奪しないよう命令した文書が残されている。

これは単なる歴史好きの私見だが、日本のマンガの元祖とされる鳥獣人物戯画は、甲、乙、丙、丁と四巻に分かれており、丙巻、丁巻は余り興味を持っていない。京都国立博物館で展示された時も、甲、乙巻に入場者の人気が集まり、丙、丁巻は楽々と見ることができた。教科書の記述にしても、この絵巻は平安時代の天台宗高僧鳥羽僧正が描いたされた時代もあって、現在は作者不明の絵巻物となっている。確かに甲及び乙巻はマンガチックで大変面白かったが、丙巻及び丁巻は余り興味が湧かなかった。そのことは、甲巻が余りにも知れ渡っていたこともあろうが、入館者の行動が如実にそれを物語っていたように思う。それと、四巻を全て覧た感想だが、筆の描き方から四巻を同一つ人物が描いたとはとても思えないし、本当に誰が描いたのか今後とも研究を続けて欲しい。

絵巻物には日本三大絵巻物と呼ばれているものがある。それは「源氏物語絵巻」「信貴山縁起絵巻」「伴大納言絵巻」である。しかし、最近ではこれに鳥獣人物戯画を加えて四大絵巻とされている書物や参考書がある。何れにしても紙に書かれているものであるから、手入れを怠らないように後世に伝えて欲しいものだ。

最後に重要文化財の嫌な事件だが、あの対馬観音寺の韓国人窃盗団による仏像盗難事件の話だ。観音寺が所有する重要文化財の銅製如来座像と観音座像二体が窃盗団に盗まれた。これに対する韓国の反応だが、韓国の大田地裁《てじょん》は、この中の仏像一体を日本の倭寇が韓国から略奪したものであるから、日本に返還しなくても良いと判決したのである。こうなれば韓国は盗人天国もいいところだ。倭寇と言えば豊臣秀吉の時代のことであるし、第一略奪したと言う証拠がどこにあるのだ。仮に過去にそのような事件があったとしても、それを言いだせば大英博物館やルーブル美術館は、返還する美術品は数知れないだろう。兎に角韓国は穏便に仏像を日本へ返還すべきと思うのだが、如何なものか。

冬の星座

ＮＨＫ（ＢＳ）テレビのコズミックフロントの録画を観ていると、横で観ていた家内が声をかけてきた。家内はテレビ放送と言えば、バラエティーものか歌謡番組くらいにしか興味を示さないのだが、珍しいこともあるものだ。

「お父さん、冬の星座オリオン座はどこにあるのん」と、尋ねた。

オリオン座といえば冬の夜空を代表する星座で、星探しの指標にもなる星座だ。私は録画をみるのを一旦止めて、テーブルにあった雑用紙に、鉛筆でオリオン座によく似た砂時計の図形を描いた。そして、その図形の四隅に大きな星を四個描き、胴の括《くび》れた辺りに左辺から右辺斜め上にかけて、小さな星を三個描き入れた。また、四隅の左上の大きな星は黄色に輝き、右下の大きな星は青白く光っていると書いた。

十二月の中旬頃の午後六時前だったので

「今やったら、東側にあるベランダに出れば見えるのと違うか」と、言って、家内に紙に描いた図形を渡した。やがて

「お父さんの言う通りや。大きな黄色い星と青白い星があるわ」と、子供が珍しいものでも発見したように大きな声を出した。当たり前だ。オリオン座は、平安の昔からほぼ同じ箇所で、同じ形で輝いている冬の星座だ。

「その黄色い星はいずれ爆発するかも知れへんで」と、言うと

「そんなん爆発したらえらいことになるのんと違うかぁ」と、尋ねた。

「えらいことになるなあー。地球が吹っ飛ぶかもしれんで」と、私が大袈裟に言うと、家内は子供のように「ほんまやなあ!」と、驚いたような声を出した。私は小学生か中学生と話をしているようで、内心可笑しくなった。

オリオンの名は店名や商品名などによく利用されており、沖縄県ではオリオンビールが販売されている。大阪文学学校のクラスメイトだった阪井達生さんが好きなビールだが、暮れの学校の「飲み会」に毎年必ず持って現れる。今は本土の大手Aビールの傘下に入っているが、もともとは、沖縄県で消費されるビールの約九割を占めていた地ビールだった。

私は再び録画を見始めたが、その内容はプレアデス星団の成り立ちや文学作品などに登場する星団の解説をしていた。この星団はスバル(昴)やムツラボシ(六連星)などとも呼ば

れ、確か清少納言の「枕草子」にも出てくるはずだ。

プレアデス星団は肉眼で見るとボヤッとしているが、視力のよい人であれば青白い星団が六、七個輝いて見える。乗用車スバルのエンブレムにも六個の星団が輝いている。この星団は牡牛座にある散開星団と呼ばれ、午後八時頃オリオン座の三つ星の角度に沿って、東北に辿っていくとボンヤリと輝いている。プレアデス星団には生まれて五千万年から一億年の星が無数にあるとされており、言ってみれば生まれたての若い星々の集団だ。

シンガーソングライター谷村新司作詞・作曲の「昴＝すばる」の歌詞は、この星団のことをよく表している。「嗚々砕け散る宿命の星たちよ　せめて密やかにこの身を照らせよ」のくだりは、まさにその通りなのだ。この宇宙に星といえども永遠に輝き続けるものは有りはしない。

天体観測によるとこの星の集団は太陽より大きな星の集まりらしく、もしそうであれば、水素の燃え尽きるのが早くいずれ超新星爆発を起こすだろう。その時は素晴らしい天体ショーが見られるだろうが、悲しいかなそれまで命がもたない。

午後八時頃録画を全て見終えたので、家内に
「今やったら表に出たら真上にオリオン座が見えるかもしれへんで」と、言った。

「先っきは東の方にあったのに、何んで今度真上にあるのん」と、訝った。

「夜空の星はなぁー、同じとこにジッとおらんと動いとるんや。一晩で北極星を中心にぐるっと一回りするんや」と、私は答えた。

すると

「何んで星が夜空をグルグル回るのん」と、来た。説明するのが少し面倒くさくなった。

「それはなぁー星が回るのんと違ごて、地球が自転しているからや」と、返答した。

北半球の星座は、地球の地軸のほぼ延長線上にある北極星を中心に回転しているように見える。北極星はこぐま座のα星ポラリスのことだが、古来より遠洋航海は、この星を頼りに操船した。だが、今から約二万六千年前は、こと座のα星ベガ（織女星）が北極星であったらしい。つまり、北極星は二万六千年ごとに変化するようだ。その時丁度地軸の上にある星が北極星となる訳だ。

少し話が難しくなってきたが、何でも地球には「歳差運動《さいさうんどう》」があるため、北極星が入れ替わるようだ。歳差運動とは玩具の独楽の首振り運動に似ており、独楽が首を振るのは回転が弱くなってきたときに起きる。回転が弱くなった独楽は、その姿勢を保つために盛んに首振り運動をするが、これを歳差運動と呼ぶようだ。

地球の歳差運動については、独楽のように床や畳の上でその運動をしいる訳でないので、その仕組みを説明するのは非常に難しい。だが、地球は独楽のように力尽きて転んでしまうことはない。地球の歳差運動には月や太陽の引力、更には中太り球体（赤道付近が膨れている）にも関係があるようだ。

結婚してウン十年になるが、今まで家内と星座の話なんかした試しがない。家内は近所のラジオ体操クラブ「○×会」に入っているが、雨が降らなければ毎日午前六時に決まったように家を出て行く。正月も盆も関係なしだ。私にも入れと言うが、どうも朝早く起きるのが苦手だ。一時期、毎日プール通いをしたこともあったが、それも面倒くさくなって止めた。その頃は孫（♀）も小さかったので二人でプールへよく通った。お陰で今でも高い鰻丼を強請《ねだ》られる。

毎年一月に胃カメラの検査をしているが、幸い検査結果は胃ガンや十二指腸ガンの病変はなかった。だが、血液の検査結果、血糖値が危うくなってきている。薬は飲まなくていいが運動をせよといわれた。寒い冬の夜空など眺めずに、せめて家でラジオ体操でもしようかと思う気になってきた。

地球の美しい大気

太陽系はおよそ四十六億年前にできたとされる。太陽の寿命は百億年ほどなので、人間の年齢で云えば現在太陽は働き盛りと云うところだ。太陽系には八個の惑星がある。その惑星の中で大気があって青く輝き、美しい水が満ち溢れているのは地球だけで、そこには数多くの動物や植物が育まれている。

地球の大気には酸素がおよそ二十一％、窒素が約七十八％ほど含まれている。残りは一％はヘリュウム、アルゴン、二酸化炭素（炭酸ガス）などだが、炭酸ガスが意外に少ないのが驚きだ。人類が排出する炭酸ガスは相当の量だと思うのだが、アメリカのトランプ大統領が石炭を掘ってジャンジャン燃やせ、と云っているのが分からないでもない。しかし、これは一種のレトリックで、大気中にこれ以上炭酸ガスが増えると、地球温暖化が進み環境破壊を引き起こす。

だが、炭酸ガスは植物の光合成になくてはならない物質だ。植物の光合成によって炭水化物（デンプン）が生じ、その過程で酸素が発生する。その意味で山や森の樹木は炭酸ガスを吸収し、酸素を放出してくれている。熱帯雨林は地球の肺とも呼ばれており、アマゾンの熱帯雨林帯は大気中酸素のおよそ三分の一の量を供給している。

炭酸ガスは海洋や湖沼でも大量に吸収されている。植物性プランクトンが、海洋などの水中で光合成を行い、酸素を供給してくれているからだ。あの美しいサンゴ礁も大気中の炭酸ガスを吸収している。ただ、地球温暖化で海洋が水に溶けた炭酸ガスを放出しているとの説もあって、その差引きは正直なところよく分かっていない。

地球上に生物が現れたのは、今からおよそ五億四千万年前だ。この時代を顕生代《けんせいだい》と呼ぶそうだが、更にこの時代は古生代、中生代、新生代に分けられている。古生代の末期辺りの大気にはおよそ三十五％もの酸素が含まれていた。この頃の地球には巨大なシダ植物が繁茂し、また、巨大な昆虫も蠢いていた。巨大昆虫メガネウラ（Meganeura・大な翅脈の意）は、体長七〜八十㎝もあったトンボのことだ。だが、彼らは体側にある気管で呼吸していたため、大気の酸素量の変化に順応することが難しかった。彼らの気管は多くの脊椎動物が有する肺に比べて、非常に効率が悪かったのだ。そのため、巨大昆虫は大気中の酸素量の減少によって絶滅してしまった。

巨大昆虫が活動していた古生代の末期は石炭紀と呼ばれ、この頃の植物が炭化して石炭となった。石炭紀はキノコなど樹木を腐食させる菌類が少なかったらしく、倒木した木が蓄積されて石炭となった。現在であれば倒木した木は菌類などによって土壌に還元される。ただ、このような難しくて面倒な理屈は、化石などの物証によって証明されるので、時には変更を余儀なくされる場合がある。それは数学的な理論で立証されたものではないからだ。

例えば、今からおよそ二億五千万年前の中生代に出現したとされる恐竜がそうだった。恐竜のような巨大な動物の皮膚には、密集した毛が育ちにくいとされていた。ところが、一九〇〇年代に入って、中国で羽毛恐竜の化石が相次いで発見された。つまり、羽毛を持った恐竜がいたのだ。そして、その羽毛の化石から恐竜の皮膚の色や毛の色が識別されるようになってきた。それまでの恐竜の皮膚の色は、人間が想像して描いたものだった。

地球大気の酸素量が僅か二〜三%減少しても、人体に重大な影響を及ぼすことが分かっている。大気の酸素量が少なくなると、人体に高山病のような症状が現れ重篤な状態となる。飛行機で旅行をする場合、空気が希薄な一万メートルもの上空を飛んでいる。それは飛行機の空気抵抗が少ないので、早く飛ぶことができるからだ。そのために機内の空気は人体に影響がでないよう、平地と同じ程度の酸素濃度が保たれている。

だが、エンジンは逆に空気が薄くなって燃焼効率が悪くなってくる。それを可能にしたのがターボチャージャー（過給器）だ。これは空気を圧縮してエンジンに供給する装置だ。戦時中アメリカのB二九爆撃機があの高高度を飛べたのも、この装置があったからだ。当時、日本の航空機産業はこの技術が未成熟だったらしく、B二九を撃墜することができなかった。

　原始地球の大気には酸素は存在していなかった。地球上に最初に酸素をもたらしたのはシアノバクテリアだとされている。シアノバクテリアは三十五億年ほど前に地球上に出現し、今もオーストラリア北西端のハメリンプール（シャーク湾）でその様子が観察できる。日本でも北海道のある温泉水の中に、シアノバクテリアがいるようだ。ハメリンプールの海岸近くにはストロマトライト呼ばれる、暗褐色の泥粒岩石がキノコ状に成長している。映像写真ではシアノバクテリアがその泥粒岩石に住み着いて、泡状の酸素を放出している姿が伺える。ストロマトライトはシアノバクテリアの死骸などが堆積したものだ。ストロマトライトの化石はアメリカなど世界各地に見られるが、その実物の破片は過去に観察したことがある。

　それでは古生代に三十五％以上もあった酸素濃度が、なぜ二十一％まで薄くなったのだろう。これには諸説あるようで、太陽風が地球の大気を剝ぎ取ったからだとする説もある。もともと酸素は他の物質と反応しやすい性質を持っている元素だ。中学校でも習うが酸化という現象だ。オーストラリアやアメリカに縞状鉄鉱と呼ばれる鉄鉱石の堆積層がある。これは鉄と酸素が結びついた酸化鉄の層で、その層の高さはおよそ四〜五百メートルもあると云われている。その膨大な酸化鉄の層を考えると、この鉄鉱石が空気中の酸素を奪ったのではないかと考えても不思議はない。

ところが、地球上の酸化鉄が堆積したのは顕生代以前のずっと昔の話で、有力な説は今のロシアで起こった破局噴火ではないかとされている。その噴火は噴煙が地球全体を覆うような規模だったらしく、植物の光合成を阻害して、大気中の酸素濃度が十五％まで落ちたようだ。

日本人は水と空気は当たり前のように使っており、余り有り難みを感じていない。だが、アラブなどの乾燥地では、水は命に次いで大切なものだ。また、中国の北京市民は毎年冬になると大気汚染に悩まされている。これは市民が質の悪い石炭を暖房用に焚くからだ。日本人は電気やガスを使っているから、大気汚染は大丈夫と云う人がいるだろうが、これも必ずしもそうではない。その大本の火力発電所は、大量の化石燃料を燃やして電力を得ているからだ。勿論燃焼効率のいい発電機を使ってはいるが、排気ガスを出していることには間違いない。今のところ我が国は、太陽光、風力、水力、地熱、バイオマスなど、再生可能エネルギーは十分に機能していないようだ。

日本では昭和三十年代汚水を垂れ流して河川や海を汚し、石炭などを燃やして大気を汚した過去がある。これから冬にかけて天気予報にＰＭ２・５がどうのこうの云う話が出てくる。ＰＭ２・５とは大気中の微細な粒子状物質のことで、粒子の大きさが２・５マイクロメートル（μｍ・百万分の一メートル）と云う小さな粒だ。日本の環境技術は世界でもトップクラスにあるが、流石にこのような微細粒子になるとその処理は難しい。人間が吸い込めば肺の深部まで達し、ガンなどの疾病の原因になるようだ。

ＮＨＫの報道によれば大気汚染によって、全世界で毎年およそ六五〇万人もの人が亡くなっている。しかも、その多くが子供達だ。この地球の美しい大気を、我々は汚してはならない。人工衛星から地球を見れば、紙のような薄い大気圏が地球を取り巻いている。その下で人間や多くの動植物が生命を維持している。大気汚染は国際間の共通の問題として捉えねば、やがて地球上に生命がいなくなってしまうだろう。

註＝科学雑誌「ＮＥＷＴＯＮ」を参考にした。同誌にはメガネウラはメガニウラ（ラテン語）としている。Mega - Neura の合成語で Neura はギリシャ語で神経などの意味がある。病気のノイローゼなどに使われている。

ものの価値

落語に「千両みかん」と云う話がある。ある大店(おおだな)の若旦那が、夏の最中《さなか》に医者も手の施しようがない心の病に罹ってしまう。そこで店主は、日頃から若旦那と誼《よしみ》のある番頭に、若旦那の胸の中を聞かせる。すると、若旦那はなんとミカンが食べたいと打ち明ける。番頭は江戸中の八百屋などを探して回るが、夏の最中にミカンなど有りはしない。ようやく、ある果物問屋の蔵に保管されていたミカンの中から、綺麗な一個のミカンが見つかった。ところが、その値段を聞いて番頭は驚いた。ミカン一個が千両もしたのだ。店に帰って主人にその話をすると、主は息子の命に関わることなので、「安いものだ」とそのミカン買わせる。番頭が若旦那にそのミカンを渡すと半分だけ美味しそうに食べた。若旦那は残りは後で食べるからと番頭にそれを預ける。しかし、番頭はこのミカンは五百両の値打ちがあるからと、そのミカンを持ち逃げするという話だ。

現在であれば温室栽培や南半球栽培のミカンがあるので、可笑しくも何ともない話だ。だが、これが江戸時代となると話は別だ。秋にならないとミカンはでてこない。あの紀伊國屋文左衛門でも手に入れることは難しい。番頭の持ち逃げしたミカンは確かに五百両したのだが、真夏にミカンが欲しいと云う、変わった若旦那がいたからその値がついたのだ。番頭が持ち逃げしても、巷で五百両で買ってくれる人は先ずいない。この話は難しく云えば需要と供給と云う経済学的な話になってくる。だから番頭の持ち逃げがこの落語の「落ち」になるのだ。

我々は主に紙幣を使って生活をしている。我が国に流通している一万円札の紙幣の原価はおよそ二十円と云われている。一万円札は、コウゾ紙に国立印刷局が印刷し、日本銀行（日銀）が発行する日本銀行券だ。この紙幣は日本の法定通貨と云い、日本国の通貨として一万円の価値がある。日銀が発行している紙幣だが、日本政府がその裏打ちをしているからだ。そうでなければ二十円の価値しかないただの紙切れだ。

日本では昭和の初期頃まで兌換（引替え）紙幣が使われていた。これは金本位制と呼ばれ、発行した金額に相当する金や銀が日銀に保管されていた。従って、その紙幣を日銀へ持って行けばその紙幣の額面に相当する金をくれたのだ。だが、金本位で各国が経済活動を続ければ、それだけ金、銀の準備が必要になってくる。全世界の産出可能な金は向後五万トン強と云われている。金の比重はおよそ水の二十倍くらいで、嵩の割りに非常に重たくて、人心を魅了する色をした希少金属だ。だから、これを貨幣の基準にすれば自国の経済は回らないし、ひいては世界の経済が回らなくなってくる。そのような理由から、世界各国は金・銀の裏付けのない通貨として紙幣を流通させている。現在日銀は通貨の量に見合う金を保有しておらず、その金の保有量は通貨の総量のおよそ三％の値らしい。難しく云えばこれを管理通貨制と呼んでいる。

あのジェームズ・ボンドが登場する映画「ダブルオーセブン（００７）」に、米国連邦準備理事会（米中央銀行・Federal Reseve Board）が保有する金の話が出てくる。米国ＦＲＢはケンタッキー州フォートノックスに、八千トンほどの金を厳重に保管している。これは一国の金の保有量としては世界一だが、ボンドの敵はこの金を放射能で汚染させて使用価値のない金属にするという話だ。金を盗むのではなく、重いので財産価値のないものにし、米国に損害を与えると云う寸法だ。ドル紙幣が金の裏打ちのない紙幣であるとしても、金の保有量が零に等しければ、国家として信用の忖度に関わってくる。有り体に云えば国家の信用度の裏付けとして金が必要なのだ。それではなぜ金にそれ程の値打ちがあるのかと云うことだ。それを簡単に云えば、金の産出量が非常に少ないためだ。金は金鉱石として採掘されるのが殆どで、金の含有量はトン当たり僅か五〜二十グラムしかない。

人類を迷わさせる宝石、天然ダイヤモンドが高価であるのも希少価値があるからだ。ダイヤは地殻の厚い、南アフリカなどの限られた地層でしか採れない。人工ダイヤは炭素を原料に造ることができるが、今のところ大きくて美しい輝きのあるダイヤを造ることは不可能だ。だが、人工ダイヤは天然のものより硬度、電気的特性などに優れ、専ら工業用に利用されている。こうなると天然と人工のダイヤを比べれば、人類にとってどちらが価値が大きいのか分からなくなってくる。宝飾用ダイヤか、それとも工業用ダイヤかだ。

我々人類は他人をどのように評価しているのだろう。以前三Kと云う言葉が流行った。高収入、高学歴、高身長の人のこと指した言葉だ。これはどう考えても女性が男性を評価したものだ。この基準で評価されれば、小生のようなハゲ、チビでは蚊帳の外だ。「このハゲー」で話題になった、某代議士の経歴は凄い。東京大学法学部卒業、ハーバード大学大学院修士課程修了、元○○省官僚だ。官僚だったから国家公務員上級試験（現一種試験）合格者だろう。

人々がどのような職を選ぼうと自由だが、努力しなければいい職には就けない。この代議士は現役の国会議員である。国会議員は国民によって選出された職業である。国民の負託を受けた身分なのだ。だが、同代議士の言動はマスコミなどの情報だけなので、軽々には評価することは難しい。

ものの価値を述べていたら人間の評価に行き着いた。女性を評して別嬪さんと云う言葉ある。これは裏を返せばブス（毒）がいると云うことだ。この言葉は侮蔑的な言葉と辞書にある。人間の容姿を評して侮蔑的な言葉は絶対に使うべきではない。難しく云えば人間の尊厳を傷つけることだ。さて、小生のこの雑文の評価はどうであろう。

人はなぜ下着を着けるのか

関東地方は梅雨が明けたらしく、六月に梅雨が明けたのは百年以上も前のことだそうだ。台風七号の動きにもよるが、関西地方も間もなく梅雨は明けるだろう。そこで暑い時期に難しい話はどうかとも考え、「人はなぜ下着を着けるようになったのか」と、云う素朴な疑問を取り上げてみよう。実はこのフレーズ、小学生八歳の男の子が思った疑問なのだ。

その前にNHKのテレビ番組「チコちゃんに叱られる」の内容を一部引用したいので、チコちゃん（自称五歳の女の子）の許しを得ておこう。そうでないと「ボーと生きてんじゃねえよ！」と、チコちゃんに叱られる。チコちゃんによれば人間が最初に下着を着けるようになったのは、実は神様がいたからだそうだ。

エジプト考古学者吉村作治早稲田大学名誉教授の説によると、人間が下着を穿くようになったのは、紀元前三千年前の古代エジプトのファラオまで遡るらしい。その時代のファラオのミイラと共に、黒い三角状の布のフンドシが発見されている。このフンドシはファラオが神に祈りを捧げるときに着用したとされ、我々が考える下着としてのフンドシではなかったようだ。
時代はグンと下るが、あのローマ帝国元老院の執政官や軍人でさえ、衣装の下は振りチンだった。柔らかい布で下半身を覆っていたのではないかとされる。トランクスやブリーフのような下着は着けていなかった。それでは女性はどうであったかだが、古代ローマではノーパンだったようだ。ノーパン（No-Pan）は勿論日本語で、英語ではパンティレス（Panty-less）でしょうか。古代ローマの女性も前を布で覆っていただけで、ショーツ（パンティ）のようなものは穿いていなかった。

下着とは上着と躰との間に着用するインナーのことで、下半身に着用するから下着と呼ぶのではない。本文で取り上げる下着は、下半身に着用するものに限定する。

人間がなぜ下着を着けるようになったのかは諸説あるが、恥ずかしいからとか、或いは寒いからなどである。もっと正直に云えば、上着が汚れるからとか尿漏れが心配とかの理由だ。

現在我々が穿いているブリーフやパンツなどの下着は、ゲルマン人が最初に穿き始めたとされる。寒冷地である現在のフィンランド、デンマーク、ノルウェイ辺りに住んでいたゲルマン人は、毛皮の下に防寒のためにズボン状の下着を穿いていた。それがゲルマンの大移動で南下してくると、夏季は暑いので裾をちょん切って短パンにした。これがいきなりブリーフやパンツなどに変化したわけではないが、種々の変遷を経て、西洋式の下着が形成されたらしい。

それでは日本はどうであったのだろうか。平安時代の男性の下着は「大口袴《おおぐちばかま》」と呼ばれる肌着を着用していた。フンドシはなくて袴の下に着けたダブダブの肌着とされている。また、女性の装束の下は、柔らかい襦袢の一枚掛けで、それ以外なにも着けていなかった。要するにノーパンだったのだ。我が国の男性の代表的な下着、エッチュウフンドシ（越中褌）が使われ始めたのは戦国時代で、武士はアサやモメンなどで織られた布製のフンドシを着用して戦場に立った。フンドシの紐を締めて命がけで戦っていたのだ。世界のフンドシ事情を調べてみれば、アジア、ヨーロッパ、南北アメリカなど初期の下着は殆どがこのフンドシ型の下着だった。

フンドシが一般に使われ始めたのは江戸時代に入ってからで、これが庶民にも普及し始めた。女性もこの頃になると「湯文字《ゆもじ》」と呼ばれるモメンの四角い布に紐を付けたものを着用するようになった。これが和服の下に着用する腰巻きの原型になったようだ。ここまで書いてくると、何だか下着フェチになった気分がしてくる。だが、もう少し我慢をして読んでいただきたい。

それでは日本人男性がいつ頃からブリーフを着け始めたかだが、これは明治期に入ってからで、洋服を着用するようになったからだとされる。そして女性がショーツを着け始めたのはこれも明治期に入ってからで、岩倉具視に連れられて、アメリカに留学をした津田梅子達が最初とされる。津田梅子は女性教育の先駆者だが、僅か六歳（五歳とも云われている）でアメリカに渡った。その時ノーパンでは都合が悪いのでショーツを穿いたのだ。

女性がショーツを着け始めた決定的な理由は、あの一八七一年一二月一七日（明治四年）に発生した白木屋事件だった。「白木屋事件と云えば下着、下着と云えば白木屋事件」と、云うほどの百貨店火災だった。死者十四名、負傷者五〇〇名と云うビル火災だった。要するに当時はノーパンの女性が殆どだったので、救助に応じなかったり、自ら飛び降りた女性が多く、焼死者や負傷者が多くでた。これが女性がショーツを着け始めた決定的な理由とされている。

明治生まれの女性で特に下着に拘った女性がいた。あのシャンソンの先駆者で、ブルースの女王と呼ばれた淡谷のり子だ。彼女は青森県の貧しい生まれで、東京音楽大学の出だが、音楽の基礎と舞台衣装には徹底的に拘った女性だ。彼女のことをなんだかんだと云う人も多いが、舞台衣装にショーツの跡がでるとして、彼女は舞台では決して下着を穿かなかった。ノーパン女性だったのだ。時代に流されない彼女の姿をみて、あの一五〇cm足らずの小さな躰に、どこにそのエネルギーあるのかと感動した覚えがある。

最後に我が家の下着事情だ。父は明治四二年の生まれだったが、決してブリーフを穿かなかった。フンドシでなければ躰がスッキリとしないのだ。母も和服主義であったので長い間ノーパンで過ごした。洋服に始めて袖を通したとき、ショーツがスッキリしないと嘆いていた。私は莫大小《メリヤス》のブリーフ主義だ。分かりやすく云えばメリヤスの猿股《サルマタ》だ。家内が恥ずかしいから止めて欲しいと云うのだが、グンゼ商品のメイドイン・コリア又はメイドイン・ベトナムのサルマタだ。サルマタは日本ではもう生産されていないようだ。

トルコは親日国か

先日、NHK・BSテレビで映画「アラビアのロレンス」を放映していた。この映画は約六十年前にピーター・オトール主演で、英国陸軍将校として実在した、トーマス・エドワード・ロレンスの生涯を描いたものである。映画の内容は英国（仏国も加担）とオスマン帝国（トルコ）とのアラブでの覇権争いだが、アラブ民族を巻き込んだ壮絶な戦争映画となっている。その英国とアラブ社会の接点で活躍したのがロレンスで、彼はアラブ社会に貢献したように美化されているが、実際は変人で英国のために働いた人物だ、と言われている。この映画のDVDを持っているが、四時間近い長編映画である。世界でいち早く産業革命に成功した英国だが、十九世紀末になるとトルコも衰退の陰が見え始めたものの、大国トルコの存在によりアラブ社会の統治に手を焼いていた時代を克明に描いている。

ロレンスはアラブ社会でアラブ人になろうと、民族衣装を纏いトルコに侵入するのだが、見破られてトルコに囚われの身となる。彼は、この青い眼と白い肌が完全なアラブ人になれないと悟るのだが、鞭打ちの刑を受けて国外追放される。だが、ロレンスは性懲りもなく再びアラブ社会に戻り、アラブでの生き方の術を学ぶ努力をする。当時のアラブ国家は部族社会であって、部族長がそれぞれ人民を統治していた。国王はその部族長の上に君臨するのだが、日本の幕藩政治が行われていた時代を彷彿させる。ロレンスはこの部族社会を上手く利用する手立てを考え、トルコを次第に窮地に追いつめていく。

英国陸軍はロレンスの意外な働きに中佐にまで昇進させるが、彼は戦闘でトルコ兵やアラブ人を平気で殺戮していく自分に次第に嫌悪感を覚え始め、ロレンスは上官が止めるのも聞かず退役する。ところが、故郷の路上でオートバイを運転しているとき、人を避け損なって敢えなく死亡する。戦場ではかすり傷程度で済んだロレンスだったが、誠に呆気ない最後で齢四十六年の生涯だった。

トルコも欧州列強の勢いに押され次第に力を失っていくが、それでも軍備増強に努め、トルコ海軍は一八八九年（明治二二年）七月一四日、イスタンブールから戦艦エルトゥールル号をしたてて、海軍士官訓練を兼ねた日本訪問の遠洋航海に出る。これは日本の皇族小松宮夫妻のトルコ・イスタンブール訪問返礼の航海でもあり、スエズ運河を通過して、アラブ沿岸諸国などに寄港しながら航海を続ける。訪問諸国での歓待を受けながらの航海であったので、およそ十一ヶ月かけて一八九〇年（明治二三年）六月七日ようやく横浜港に到着した。

トルコの使者海軍司令官オスマン・パシャ少将以下六百名を超える将兵達は、明治天皇拝謁の後、明治政府の盛大な歓迎を受ける。しかし、トルコ海軍は資金不足やコレラの発生などで約三ヶ月日本に滞在することになり、九月中には帰国したいと明治政府に申請した。だが、日本の九月と言えば台風の季節に当たり、エ号は六百馬力の蒸気機関を搭載した戦艦ではあるが、帆船仕立ての木造船であったため、遭難を心配した当局は戦艦を修理して帰国を延ばすよう強固に説得する。明治政府もエ号の窮状を見かねて義援金を渡したりするが、トルコ側も国の屋台骨が揺らぎ始めていたこともあって、帰国を延期する訳にはいかなかった。

エルトゥールル号は一八九〇年九月一五日横浜港を出港したが、明治政府が心配したとおり、同年九月一六日の夜半和歌山県大島村（現串本町）樫野崎沖で台風に遭遇し、エ号は岩礁に乗り上げ蒸気機関の水蒸気爆発を起こして、司令官以下将兵全員が海に投げ出されて遭難する大惨事となった。その結果、司令官以下将兵五八七名が溺死し、六九名が救助された。この海難事故を最初に知ったのは樫野崎灯台守で、エ号の船員十名が灯台守に助けを求めたからだった。灯台守は大島村村民に救助を求めるとともに、政府に連絡する措置をとった。連絡を受けた政府は、明治天皇の指示により、神戸市に対して救援に向かうよう手配し、医師・看護師など医療班を派遣した。当時神戸港にはドイツ海軍船艦ウォルフ号が停泊していたので同船も救助に向かい、生存者六九名を神戸市の病院に収容することができた。大島村村民も貧しい暮らしの中から、衣類や米、野菜、ニワトリなど食料を遭難者に提供した。その後明治政府は日本帝国海軍船艦比叡及び金剛により、生存者六十九名全員をトルコ・イスタンブールに無事帰国させた。

このとき同行したのが司馬遼太郎の「坂の上の雲」にも登場する秋山真之で、海軍兵学校十七期少尉候補生として同行した。明治政府はこの遭難事故を追悼して、樫野崎灯台近くにトルコ海軍犠牲者の慰霊碑を建立した。時のトルコ皇帝アブデュバルハミトⅡ世は、この日本政府のとった行為に大変感謝し、全国に遺族義援金を募ったり、日本のトルコ海軍の遭難事故（人災としなかった）に対する救援・救助活動を喧伝した。また、後にこれがトルコの教科書の教材になったこともあって、日本と言う東洋の小国を、殆どのトルコ国民が好意を持って知るところとなった。

トルコは英国など欧州列強に横から揺すぶられ、ロシアの南下政策にも頭を押さえられ始めた。日本もロシアの南下政策に抗戦して日露戦争が勃発したが、日本帝国連合艦隊が東郷平八郎元帥指揮の下、ロシア・バルチック艦隊（バルト海の艦隊で日本対戦のために組織された）に勝利し、日本が大国ロシアを破る一端となる。この艦隊の旗艦参謀として乗り組んでいたのが秋山真之だが、日本海旅順港に入るバルチック艦隊の航路の読みに苦しめられる。バルチック艦隊が対馬海峡を経由するのか津軽海峡を回るかの判断であるが、参謀の読みは対馬海峡経由としたのだ。

素人なら即座に対馬海峡経由だと判断するが、戦争とはそれほど簡単なことではないようだ。あのロレンスもトルコ軍が駐在するアカバ（現ヨルダン領で古代よりアジアとヨーロッパ結ぶ交易の要所）を攻略するため、紅海を経由せず、アラブ人でも困難とする砂漠を回って背後から攻め落とした。まるで義経の市の谷の合戦鵯越《ひよどりごえ》の戦略であるが、それはトルコ軍の大砲が全て紅海を向いていたからだった。戦争とは敵の陣形や布陣の読みの争いでもある。ロシアの南下政策に苦しめられていたトルコは、日露戦争で大国ロシアに勝利した東洋の小国日本を改めて見直すことになる。

十八世紀中期から十九世紀にかけて欧米列強は覇権を争って戦争に明け暮れる。アジアの小国日本も欧米に負けじとその仲間入りを果たした。第一次世界大戦で日本は英国側についたため、トルコとは一時期一線を画すことになるが、その後国交を回復して友好国となり現在に至っている。

昭和天皇は昭和四年六月串本町に行幸し「土国殉難将士慰霊碑」に献花され、トルコ海軍将兵の受難に対して哀悼の意を表された。これを聞き及んだ時のトルコ大統領は甚く感謝の意を示し、串本町の慰霊碑整備の資金を日本側に渡したと言われている。この海難事故は今から約百二十年前の話ではあるが、ある調査によればこの歴史的美談を知っている日本人は、現在でも三十％近くいるとされる。日本・トルコ両国は同慰霊碑の前で、現在も五年おきに慰霊祭を行っている。最近日本とトルコの考古学研究者などが、串本町沖でエ号の遺品・遺骨などを収集し、現在も調査を続けている。

日本は第二次世界大戦敗戦後七十年以上戦争をしなかったが、それでも国費の何%かを国防費に使っている。あの北朝鮮にしても国民が飢えに苦しんでいるのに、核兵器の開発などに巨額な費用を使っている。国同士の戦争や内戦は、国民が死んだり窮乏するだけだ。人類はなぜ戦争を止めることが出来ないのだろう。今世界大戦が起きれば、人類は恐らく滅亡の道を歩むことになるに違いない。

最後の一葉

紅葉の季節だ。私の住む箕面市は大都市大阪市の近くにあって、この季節になると紅葉狩りで人や車で大変賑わう。大阪市内から電車でほんの一時間ほどで、箕面公園の入り口に辿り着ける。

昨年は名古屋から実弟が来たので、久し振りに箕面大滝まで行ってきた。帰りに、滝へ続く遊歩道の入り口にある立ち飲み屋で、升酒三杯ほど飲んでいい気分で帰ってきた。だが、今年は正月早々に椅子から転落して、腰を痛めて行けなくなってしまった。

大阪市のような大都市の近くに、このような落差三十三mもの大滝と深い渓谷があるのは、大変珍しいそうだ。二〇〇七年五月に新御堂筋から箕面連山を抜けて、亀岡市などに通じるトンネルが完成した。その影響か大滝が渇水して、人工で水を流していると言う都市伝説が広まった。ある新聞社の誤った報道らしいが、実際にありそうでないような実話だ。この季節渓谷の川筋には、イロハモミジ（イロハカエデ）やツタなどの真っ赤な美しい紅葉が見られる。

赤く紅葉した葉を見ると、オー・ヘンリー(O. Henry)の「最後の一葉(The Last Leaf)」を思い出す。この短編小説は学校の教材などによく使われているので、ご存じの方も多いだろうが大学の教養課程で英文でこの小説を習った。怪しい英語能力だったが、余り労せずに読めたことを覚えている。この小説を掻い摘んで話せばおよそ次のような内容になる。

ニューヨークのとある食堂で知り合った女性画家スウとジョンジー(ジョアンナ)は、ワシントンスクウェアの西にある小地区に、古い煉瓦造りの建物の三階に共同で画室を借りていた。その建物には売れない画家など芸術家が数多く住んでいた。十一月に入るとこの周辺で肺炎が流行り始めた。ジョアンナも肺炎に罹ってベッドから窓越しに、隣接する建物の壁のツタの葉が一枚二枚と散っていくのを眺めていた。彼女はこのツタの「最後の一葉」が落ちたとき、自分の命も尽きると考えた。スウが医者を呼んで彼女を診てもらうが「今のままでは十に一つジョアンナの命はない」と医師はスウに告げた。ジョアンナは生きる気力を失っていたのだ。

それを知っていた階下の売れない老画家ベアマンは、嵐でツタの葉の最後の一葉が吹き飛んだことに気がつく。彼は、このままではジョアンナの命が危ないと考え、嵐の中で煉瓦の壁にツタの葉を一枚書き上げていた。

ジョアンナは、昨夜の嵐で吹き飛ばされなかった一枚のツタの葉を眺めて、安心したのか段々と快方に向かっていった。だが、逆に嵐の中で壁にツタの葉を書き上げたベアマンは、肺炎に罹って死んでしまう。皮肉にも売れない画家ベアマンのツタの葉は、彼の一幅の「名画」となったのだ。

この話は、死にたいと思っていた人が生きて、逆に人を助けた人が死ぬという矛盾を取り上げた筋書きだ。このようなことは間々あることだが、これを自己犠牲と呼ぶそうだ。しかし、自己犠牲とは、自分は死ぬかも知れないと言う意志が働いていると思うのだが、鉄道事故などで咄嗟に人助けをして意にそぐわない死に方をしても、それも自己犠牲と呼んでいいのだろうか疑問に思う。

ただ、咄嗟の行動をしたとき死ぬか生きるかなど考えている暇はないので、矢張り自己犠牲だと思われるが、実際のところよく分からない。

私が習った大学の英文学の先生は、オー・ヘンリーの短編小説の「どんでん返し」は、芥川の短編小説にも影響を与えたと解説したが、どこがそうなのか未だに理解できないでいる。映画羅生門で採用されたあのややこしい藪の中か、それともミカンかトロッコなのか、はたまた全作品に及ぶのか、未だによく分からない。

オー・ヘンリーは本名をウィリアム・シドニー・ポーターと言い、生涯三八〇余篇もの小説を書いた。彼は銀行預金の横領罪で八年の懲役刑を受けた。その横領罪の内容が推理小説のようでこれがまた謎らしい。また、ペンネームのオー・ヘンリーは刑務所からの投稿名だが、地名から採ったとか、刑務所の名であったとかいろいろの説がある。中には「おー便利ー」と言うのもあって、ここまで話が及ぶと、また短編小説一編ができ上がる。

メジャーリーガー・イチロー選手

夏は日本でもアメリカでもプロ野球の絶好のシーズンだ。この時期のナイター観戦で、スタンドで飲むビールの味はまた格別だ。私はどちらかと言えば、日本のプロ野球（ＮＰＢ）よりアメリカの大リーグ野球（ＭＬＢ）の方が好きだ。若い頃はパシフィックリーグの灰色の球団と呼ばれた阪急ブレーブスのファンだった。しかし、一九八八年（昭和四三年）にオリエント・リース会社（現オリックス）に買収されオリックス・ブレーブスに、一九九〇年からオリックス・ブルーウェーブに、更に二〇〇五年から近鉄・バッファローズと合併されて、現球団名オリックス・バファローズに、と度重なって球団名が変更された。私は阪急・ブレーブスがオリックス・ブレーブスに球団名が変更されて以来、ＮＰＢに特に贔屓の球団はないので、前からのよしみで常負《じょうまけ》？球団オリックス絡みの試合を見に行く程度だ。

私がメジャーの野球が好きな一番の理由は、現マイアミ・マーリンズ（米フロリダ州）のイチロー選手の大のファンだからだ。彼がメジャー現役のうちに、直接プレーを見ておきたいのだが、アメリカへ行くのは簡単としても、彼の出場する試合と併せて旅行計画を組むのが難しい。旅行会社がそのようなツアープランを立ててくれれば行き易いが、今までにその機会がなかった。いや、機会はあったのかも知れないが、基本的に旅行会社の組むツアーは余り好きではなかた。

イチロー選手は一九七三年十月二二日生まれの四十二歳である。右投げ左打ちの打者で、現役メジャーの最年長選手である。イチロー選手は今年の誕生日が来れば四十三歳になるが、未だに身体は柔らかく足も速い。また、強肩であるため外野手が務まる。彼のスローイングはレーザービームと呼ばれ、ボールを正確に、まるでレーザーを光線のように低い軌道で送球するからだ。

先日、私は早朝からメジャーの試合をテレビ観戦していたが、マーリンズとカージナル戦だった。マーリンズではイチロー選手は第四番手の外野手だ。つまり、外野手の誰かが怪我をするか、不調の時にその代役に使われる控えの選手だ。この日は久しぶりにゲームの先発外野手として起用されていた。彼には大リーグ三千本安打という記録がかかっており、残り九本打てばその数値に到達するところまで来ていた。メジャーには三千本安打クラブ(3,000 Hit's Club)というのがあり、このメンバーに入ることはメジャーリーグの一流打者としての証でもある。その日の彼は定位置の右翼手で、打順はトップバッターという願ってもないシチュエーション(Situation)だった。

彼はこれに奮起したのか三安打の固め打ちをやってのけ、残り六本までに迫った（'16.7.18現在）。三千本安打は恐らく七月中に達成し、三十人目の選手の三千本ヒッターの仲間入りをするだろう。三千本安打と言う数字はメジャーリーグの歴史の中でも、今までに二十九人の選手が達成しているだけだ。また、メジャーの現役で三千本安打を打てる可能性があるのは、彼以外に四名ほどいるようだが、達成できるのは未だ随分先の話だ。三千本ヒッターは、アメリカには三十を数える球団があるが、大まかに言って一球団に一人出るか出ないかと言う記録なのだ。三千本安打クラブの中にイチロー選手と同年の元選手は二人いるが、イチロー選手のＮＰＢにおける安打数は加味されないので、この歳になってしまった。もっと早くメジャーに移籍していたら、恐らく三十歳代に達成していたと思われる。

彼は愛知県の愛知工大名電高の出身であるが、一年生と三年生の時にそれぞれ甲子園の春季及び夏季の高校野球大会に出場し、何れも初戦で敗退している。彼は一九九一年のドラフト会議で、オリックス・ブルーウエーブ球団から第四位に指名され、翌年同球団へ入団している。ドラフト第四位指名ということは、それだけ彼の評価が低かったことを意味する。一九九四年に名監督と呼ばれた仰木彬氏がオリックス・ブルーウェーブに入団したが、イチロー選手は打撃コーチ陣の忠告に余り耳を貸さず、仰木監督も彼を放任していた。それが功を奏したのか、その年に二一六安打（年間試合数一三〇）を放ち、パ・リーグの首位打者となった。

翌年一月一七日に阪神・淡路大震災が発生するのだが、球団側はホームタウンである神戸市の罹災状況を見て、プロ野球をやっていいのかその選択を迫られる。ところが、同市出身のオリックス株式会社（旧オリエント・リース株式会社）社長宮内義彦オーナーは「このような時に野球をやらずして、市民を元気づけることができるか。観客がゼロでもやれ」と一喝する。そして仰木監督の下、イチロー選手らオリックス球団全員が「がんばろうＫＯＢＥ」と書いたロゴマークをユニホームの袖につけ、被災者を元気づけた。この年のオリックスは見事リーグ優勝を果たし、神戸市民とその喜びを分かち合ったのである。イチロー選手はこの年も首位打者を獲得し、メジャーに移籍するまで七年連続で首位打者となった。実はイチローという名は、仰木監督が球団への登録名の変更を示唆したもので、本名鈴木一郎から採ったものである。

彼の日本での活躍は数えればキリがないほどで、首位打者（七度）、年間最多安打、盗塁王、年間最多出塁など数々の実績を残している。イチロー選手は、走、はピッチャーゴロでも内野安打にするので走りながら打つと言われ、攻、はピッチャーに彼には投げるところがないと言わしめ、守、はホームラン性の打球をフェンスによじ登り好捕して、スパイダーマンと呼ばれる守備を見せた。彼は「走攻守」三拍子揃った野球選手なのだ。

また、彼が他の選手との大きな違いは、身体のトレーニングと野球用具を非常に大切にすることだ。野球選手として当たり前の話だが、特にグラブ、バット、シューズなど用具の拘りは方はすごく、素材、重さなど自ら試して気に入ったものしか使わない。用具の手入れも入念で、他人には絶対に触らせないと言われている。

イチロー選手は二〇〇一年一月にポスティングシステム（入札制度）を使って、メジャーのシアトル・マリナーズ（アメリカンリーグ）に移籍する。そして、彼はその年にいきなり首位打者と新人王のタイトルを手にする。最近ＮＰＢの選手達は一寸成績がいいと、高額な年俸が魅力でメジャーを目指したがる。だが、メジャーはそんなに甘い世界ではなく、熾烈な競争の場だ。ＮＰＢから、今まで多くの選手がメジャーへ移籍したが、私はメジャーで成功したのは野茂英雄投手とイチロー選手の二人だけだと思っている。失礼だが、残る選手はメジャーで目立った成績を残せていない。野茂選手は日本選手のメジャーへ移籍の先鞭をつけたし、イチロー選手はメジャーの記録を次々と塗り替えた。例えば年間二百本安打（年間一六二試合）を連続十年間続けたこと、二〇〇四年にシーズン二六二本の安打を放ち、一九二〇年にジョージ・シスラーが打ったメジャーの年間最多安打二五七本の記録を、八十五年ぶりに塗り替えたこと、二〇一六年六月一六日に生涯安打数第一位四二五六本（ＮＰＢとＭＬＢの合算）に到達したことなどである。生涯安打数第一位の記録は元サンディエゴ・パドレスの選手ピート・ローズ（七十五歳）が持っていた。イチロー選手はこの生涯安打数記録も抜き去り、現在もその記録の更新を続けている。

しかし、ピート・ローズはNPBの安打数を算入しているとして、イチロー選手のこの記録を認めていない。だが、この記録を達成した試合当日の観客は、スタンディングオベーションで彼を祝福した。アメリカ人も彼の業績を認めた訳だ。今日、日本の野球界では選手の野球賭博が問題になっているが、ピート・ローズも同様の賭博行為をやり、アメリカの球界から永久追放になった。だが、近年その罪を許されて球界の一員に復帰した。ピート・ローズは野球の球だけを打っておればいいのに、博打打ちまでした元大リーガーだ。私は、彼にイチローの成績にイチャモンをつける資格はないと思っている。イチロー選手はアメリカ野球界での実績から、アジア人初の野球殿堂（博物館）入りすることは間違いない。

イチロー選手は愛知県西春日井郡豊山町出身であるが、普通の家庭の長屋住まいの次男として産まれた。イチロー選手の父は、彼が子供の頃から野球に対する素質を見抜き、野球人として育成するためあらゆる努力をした。彼をバッティングセンターに通わせたり、打撃練習の投手の役目も務めた。その二人三脚の姿を見て、町の人達は彼をチチローと呼んだ。イチロー選手は島根県出身の七つ歳上の民放アナウンサー福島弓子さんと結婚し、ニューヨークに家庭を持っているが子供はなく、二人の名前の一字を取った柴犬一弓（イッキュー）と暮らしている。従って、イチロー選手は現在所属チームのあるフロリダ州に単身赴任中だ。故郷の豊山町には野球博物館も兼ねた豪邸を建て、チチローは現在そこの館長を務めている。

野球選手は誰にも引退の時期がやってくるが、私はイチロー選手が現役を引退しても、監督など指導者の道を選ばないと思っている。アメリカで妻の弓子さんとのんびり暮らした後は、故郷の豊山町に戻ってくるだろう。阪神タイガースファンは、是非タイガースの四番打者にと考えている人もいるが、それは絶対にない。

（注）二〇一六年八月八日、日本時間午前七時四十分、イチロー選手は対コロラド・ロッキーズ戦で三千本安打を達成。スタンド全員の拍手を浴びる。

巨大地震と火山

この三月十一日は東日本大震災が発生して七年になる。この地震は東北地方太平洋沖を震源とする巨大地震で、地震の規模はマグニチュード九・〇とされている。今回改めてテレビ録画（ＮＨＫ・ＢＳ）を観ると、その恐ろしさが分かる。真っ黒で巨大な津波が建築物、樹木、漁船などあらゆるものを飲み込み、それらを根こそぎ絡め取り持ち去っていく。その後にはコンクリートや鉄骨など建築物の残骸が残り、材木や粗大ゴミが散乱しているだけだ。死者・行方不明者一・八万人以上、建築物の被害四十万戸以上となっている。

この地震は福島第一原子力発電所にも重大な被害を及ぼした。原子炉に炉心溶融（メルトダウン）と云う致命的な損傷を与え、原発の安全神話を覆させた。現在福島原発の廃炉作業が続けられているが、メルトダウンしたデブリを取り出すには放射線が強いので、作業用ロボットの開発を待っている状態だ。

原子炉は核分裂の膨大なエネルギーを利用するものだが、炉内で核分裂反応が起きる際、大量の核廃棄物を排出する。日本の原子力政策は、この核廃棄物の最終処分場を決定しないまま、運用が続けられてきた歴史がある。あの青森県六ヶ所村は、核廃棄物の一時保管場所であって、最終処分場ではないのだ。日本全土には活火山が百十一もあり、これらの影響を避けて、核廃棄物を安全に処分できる場所があるのか非常に不安だ。

二十世紀初頭大陸移動説を唱えたのが、ドイツの地球物理学者アルフレート・ヴェゲナーである。大陸の移動とは我々が住むこの地球の表面が、まるで脚が生えたように動くのだ。地球の表面はおよそ十数枚のプレートに分けられる。日本列島はそのうち四枚ものプレートが関係しており、全世界をみても非常に特異な場所と云える。地震はプレートの境界で起きやすいので、日本は火山も多いし地震も頻繁に起きる。

このような危険とも云える場所に、五十基を超える原発がある。この数はアメリカ、フランスに次いで世界第三位の保有数だ。日本と同様資源小国であるドイツは、日本の東日本大震災の惨状をみて、脱原発に方針を切り替えた。現在ドイツの電力事情はその三十五％が風力、太陽光など再生可能エネルギーの利用により発電されている。このような自然エネルギーの利用には不安定な面があるが、来日したドイツのメルケル首相は、安倍首相に脱原発を勧めたと云われている。

東日本大震災は、東北地方が北米プレートの上にあるので、その下に太平洋プレートが潜り込んでいるために起きたものだ。太平洋プレートは東から西へ移動しているが、このプレートは非常に固いので、北米プレートの下へと次第に潜り込んでいく。この二つのプレートの境界線の緊張が高まると、それを解消するために巨大な力が生じる。その時に発生するエネルギーが地震だ。

更に、プレートには水分を含んでいるため、その接触面で岩石の融点を下げ、溶けた岩石が地下深くでマグマ溜まりとなる。このマグマ溜まりの圧力が高まると、マグマが溶岩となって噴出し火山となる。日本の火山の殆どは、このような原理で生成される。

最近日本の火山活動が活発になったとされており、また、太陽も黒点が減少してその活動が弱まっている。火山の噴火や太陽活動の低下は、地球の寒冷化が始まる前兆ではないかと心配する。過去の歴史をみると、フランスのブルボン朝やロシアのロマノフ朝が崩壊した時代は、地球の寒冷化が影響したのではないかとも云われる。これらの王朝は、華麗な宮殿の建設費や宮廷費を乱費して、寒冷な気候で凶作に悩む国民の人心を無視した国家運営をした。実際この時代アイスランドのラキ火山などが大噴火を起こし、欧州の気象に大きな打撃を与えている。

あのアルプス連峰はヨーロッパ（亜）大陸にイタリア半島が衝突したためにできた。また、ヒマラヤ連峰はインド亜大陸が衝突したためにできたのだ。造山運動の詳しい理屈は難しいが、このように具体的な地形で説明すれば、造山運動の成りたちが説明できる。造山運動にはプレートの移動が不可欠なのだ。

現在造山運動の激しい場所の一つに台湾があげられる。この場所は台湾本島がユーラシアプレートに乗っていて、西からはヒリッピン海プレートが押し上げている。そのためヒリッピン海プレートが台湾に乗り上げて、三千ｍを超える山々ができたのだ。台湾の主峰玉山は、富士山の三七七六ｍを凌ぎ、三九五二ｍもある。この山の名は新高山と呼ばれた時代があり、先の大戦で真珠湾攻撃の日本海軍開戦の暗号「ニイタカヤマノボレ」に使われた暗い歴史がある。これは日本の統治時代、大日本帝国で一番高い山であったからだ。

イタリア、ギリシャ、イランなどヨーロッパ、中近東の火山も日本の火山と同じ原理できている。だが、この辺りのプレートは非常に複雑で、分かり辛い。西暦七十九年八月ローマ帝国の都市ポンペイは、ヴェスヴィオ火山（一二八一ｍ）の大噴火によって火砕流に見舞われ、火山灰や軽石などで埋没した。

当時ポンペイの市民は、頻繁に発生する火山性の地震を体感していたが、これはいつものことであると大きな危機感を持たなかった。実際あのナポリ湾の景色を観れば、穏やかなヴェスヴィオ火山が大噴火するとは思いもしなかっただろう。享楽に耽る商人達は、ワインを飲み女性を侍らせ金・銀を身につけて、火山灰の下に埋もれた。か弱き子供、女性、奴隷達は道端などで絶命し、火山灰の中で「消失」した。快楽を貪っていた豪商達は、避難した建物の中で「白骨」で発見されている。

火山や地震が多い国で暮らす我々は、危機管理の知識が必要だ。別に専門的な知識まで要求しない。海に近い場所に住居があれば、大きな地震が起きれば津波を想定して、高い場所に逃げることだ。地下街におれば安全を確認して、地上に出るのもいい。煮物をしておればガスを消せばいい。ただそれだけのことだ。

大阪文学学校の近くを走る上町断層帯は、豊中市から岸和田市まで四十㎞を超える活断層だ。この断層帯が千里丘陵や上町台地をつくったのだが、活断層とは過去に起きた地震の傷痕だ。その上に高層マンションが建っているのだが、巨大な東南海地震が発生すれば住民の避難は困難を極めるだろう。その地震動が引き金となって、上町断層帯に地震を発生させる可能性だってある。現実にそのような日がいつ来るのかは予測は不可能だ。

あとがき

大阪文学学校に通うようになって、早や五年が過ぎようとしています。この作品集は同校の合評会に提出した原稿を若干手直ししたものばかりです。五年間でおよそ百五十回の合評会がありましたが、毎週木曜日の提出原稿に頭を痛めてきました。内容的に誤記など多数あるかと思われますが、私の思い違いによるものが大半ですので、看過くださいますようお願いします。

作品集を出版したのは初めての経験でした。まさか、自分が本を出すことなど思いもしなかったことで、大阪文学学校チューター中塚鞠子先生のご指導の下、漸く出版することができました。また、クラスメイトの阪井達生氏の後押しや、同期入学の矢野美佐子さんの詩集「学生竹光」にも触発されて、やっと出版する決心がつきました。クラスメイトの方々や（株）澪標の松村信人氏など、この度は本当にありがとうございました。

二〇一九年　八月吉日

植田守彦

著者略歴

植田 守彦（うえだ もりひこ）

1963年4月1日　大阪大学事務局に採用
2000年3月31日　同退職
2000年4月1日　日本眼鏡技術専門学校採用
2009年12月31日　同退職
2014年10月1日　大阪文学学校入学
現在に至る

雪の朝
二〇一九年九月十日発行
著　者　植田守彦
発行者　松村信人
発行所　澪　標《みおつくし》
大阪市中央区内平野町二‐三‐十一‐二〇二
TEL　〇六‐六九四四‐〇八六九
FAX　〇六‐六九四四‐〇六〇〇
振替　〇〇九七〇‐三‐七二五〇六
印刷製本　株式会社ジオン
DTP　山響堂 pro.